角田光代　橋本由起子

林芙美子　女のひとり旅

とんぼの本

新潮社

あゝやつぱり淋しい一人旅だ

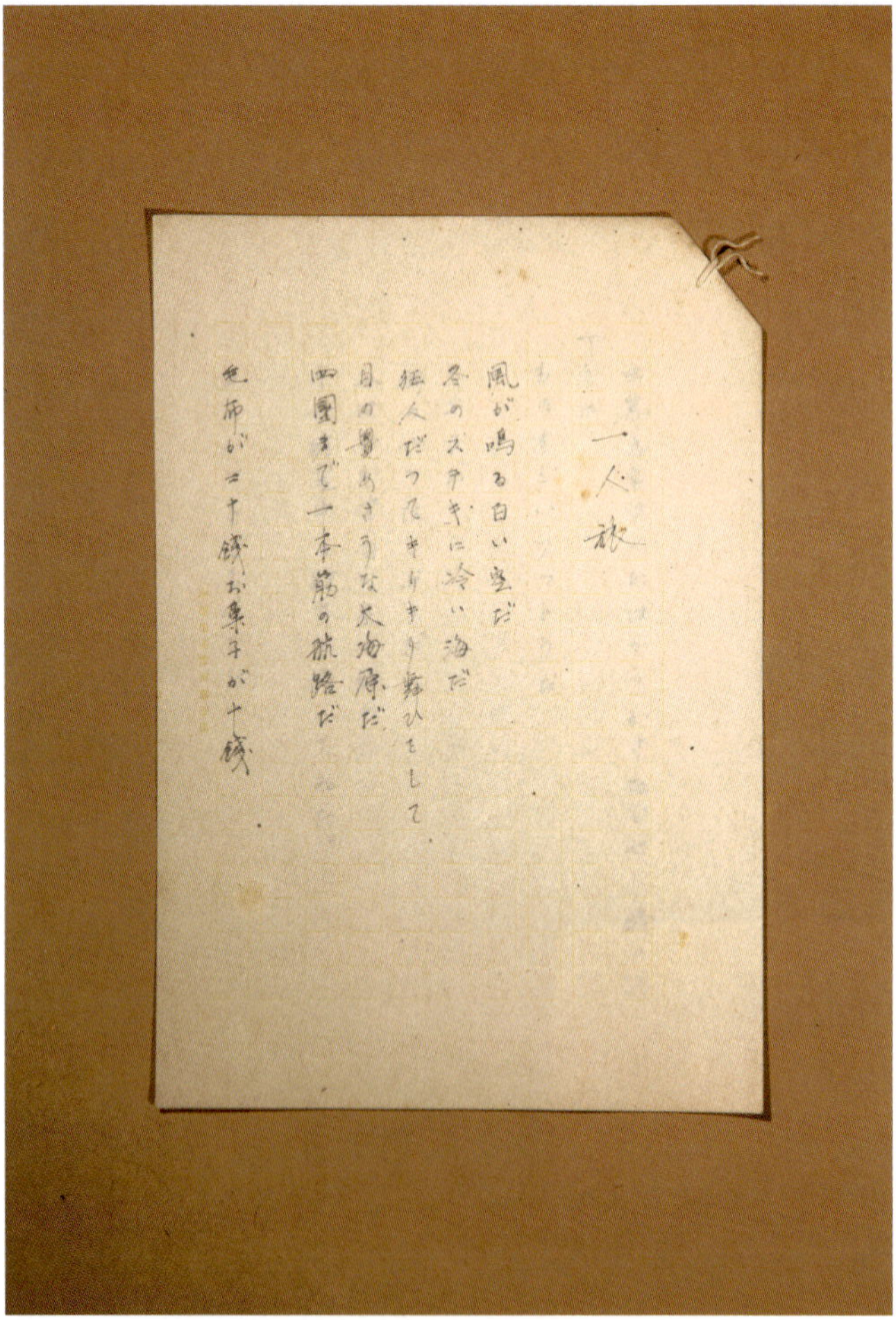
一人旅

風が鳴る白い空だ
冬のステキに冷い海だ
狂人だつてキリキリ舞ひをして
目の覚めさうな大海原だ
四国まで一本筋の旅路だ

毛布が二十銭お菓子が十銭

林芙美子の詩「一人旅」の原稿。冬の船旅をうたいながら、彼女の人生を暗示するかのようなこの詩は、1933年、芙美子30歳の折に刊行した第二詩集『面影』に収録されている。新宿歴史博物館蔵

一人旅

林芙美子

風が鳴る白い空だ
冬のステキに冷い海だ
狂人だつてキリキリ舞ひをして
目の覚めさうな大海原だ
四国まで一本筋の航路だ

毛布が二十銭お菓子が十銭
三等客室はくたばりかけたどぢやう鍋のやうに
ものすごいフツトウだ

しぶきだ
雨のやうなしぶきだ
みはるかす白い空を眺め
十一銭在中の財布を握つてゐた。

あゝバツトでも吸ひたい
ウヲオ！　と叫んでも
風が吹き消して行くよ
白い大空に
私に酢を呑ませた男の顔が
あんなに大きく　あんなに大きく

あゝやつぱり淋しい一人旅だ。

目次

屋久島の海。1950年の屋久島行きは
芙美子最後の長旅となった。

旅という覚醒

角田光代

芙美子のパスポート。1931年、28歳で渡仏した際のもの。1930年に刊行した『放浪記』がベストセラーとなり、多額の印税を手にした芙美子は、満州、中国、そしてパリへ旅立つ。新宿歴史博物館蔵

林芙美子の『下駄で歩いた巴里』をはじめて読んだとき、驚いた。まるきり現代のバックパッカーではないか。そうか、この人は元祖バックパッカーだったのか。

そもそも私がその本を読もうと思ったのは、自身がそういう旅をしていたからだ。たしか、この本も旅先で読むために買ったものだ。バックパックを背負って、安宿を泊まり歩いていた私は、今から八十年も前に、自分よりもっと大胆に旅していた女性がいると知って、驚くと同時にたのもしいような、晴れやかなような気持ちになった。

この本を読んでから、いつか、二十八歳の芙美子が旅した距離を、私も旅したいと思っていた。その念願が、今年ようやく叶った。とはいえ、ルートはまるで違う。芙美子は当時の満州を通過、モスクワ、ベルリンを経由して巴里に向かう。私はウラジオストクからイルクーツクを経由し、バルト三国を突っ切ってパリを目指した。

旅行者として、この紀行文から浮かび上がる芙美子を見てみると、目線がぐっと下なのが、わかる。下というのは、その地の生活により近いという意味合いである。生活者により近い目線を持つということは、その生活に入ってゆくことでもある。そういう意味合いで、この人の旅は「観る」旅、つまり生活の上澄みにある部分をさらっと眺めていく観光旅行では、けっしてなかった。また、「ひとり旅」であるというのも、この作家にとって重要だったように思う。だれかとともにいると、目線の直接性が失われるのだ。何かがおいしい、おもしろい、こわい、わからないと、ともにいる人と言葉を交わしただけで、その印象は他人のそれとまざり、感じる気持ちにぶれが入る。ひとりならば、見たものは見たままに、感じたことは感じたままに、言葉にならないものはならないままで、心にとどまる。

この随筆でもっとも筆が冴え冴えしていると私が思うのは、友人や知人と交わっている部分ではない。シベリア鉄道の、しょっちゅう食べものをねだりにくる少年や、鶏の脚と風呂敷を交換しようと身振りで示すご婦人、寝たふりをする芙美子の膝に菓子や果物をいっぱい乗せて去っていくフランス兵など、「随分人のいい貧乏人たち」との交流や、巴里での、食料品屋の伊太利亜人とのやりとり、はたまた花売りや露店といった町の日常の描写であると私は思う。ここには芙美子の、生《なま》の目線と感情がある。彼女が感じた、埋もれ過ぎている「真実なもの」が、ありありと描写されている。

この紀行文のなかで芙美子は、未知の異国の、未知なるもの、目に映るもの手に触れるもの舌にのせるもの耳に届くもの、すべてを自分なりに咀嚼して言葉に還元している。固定観念、既成概念というものが、ない。だから異国の言葉の何ひとつも知らないのに芙美子はだれとでも親しくなる。この垣根のなさは、バックパックの旅、地面により近い旅ではないと、なかなか得られないものだ。

実際に旅して体で理解したのだが、パリまでの陸路は相当な距離である。しかもずっと移動の連続。単純に疲れるし、慣れる前にまた未知の土地にいく不安が、つねにつきまとう。けれどどうだろう、この紀行文には疲れも不安も見あたらない。芙美子は子どものように目を見開き、未知のものに躊躇なく手をのばし続けている。

このとき既婚の芙美子だが、恋する人を追いかけて巴里に向かった、というのが、この旅の定説のようである。激しく恋する人に会うためにならば、疲れも不安も、たしかにものともしないだろう。実際に私も旅するまではそう思っていた。けれど旅して、思ったのだ。芙美子にとって、恋する人というのは、未知の場所に出ていくためのたんなる口実だったのではないか。もちろん、本人がそう気づいていたかどうかなんてわからない。もしかしたら、本人だってそれが口実だとは思いもせず、恋しい一心で旅立ったのかもしれない。そうして未知の世界に足を踏み入れ、未知のものに手をのばし、手を広げる。するとつかまえることができる。そのこ

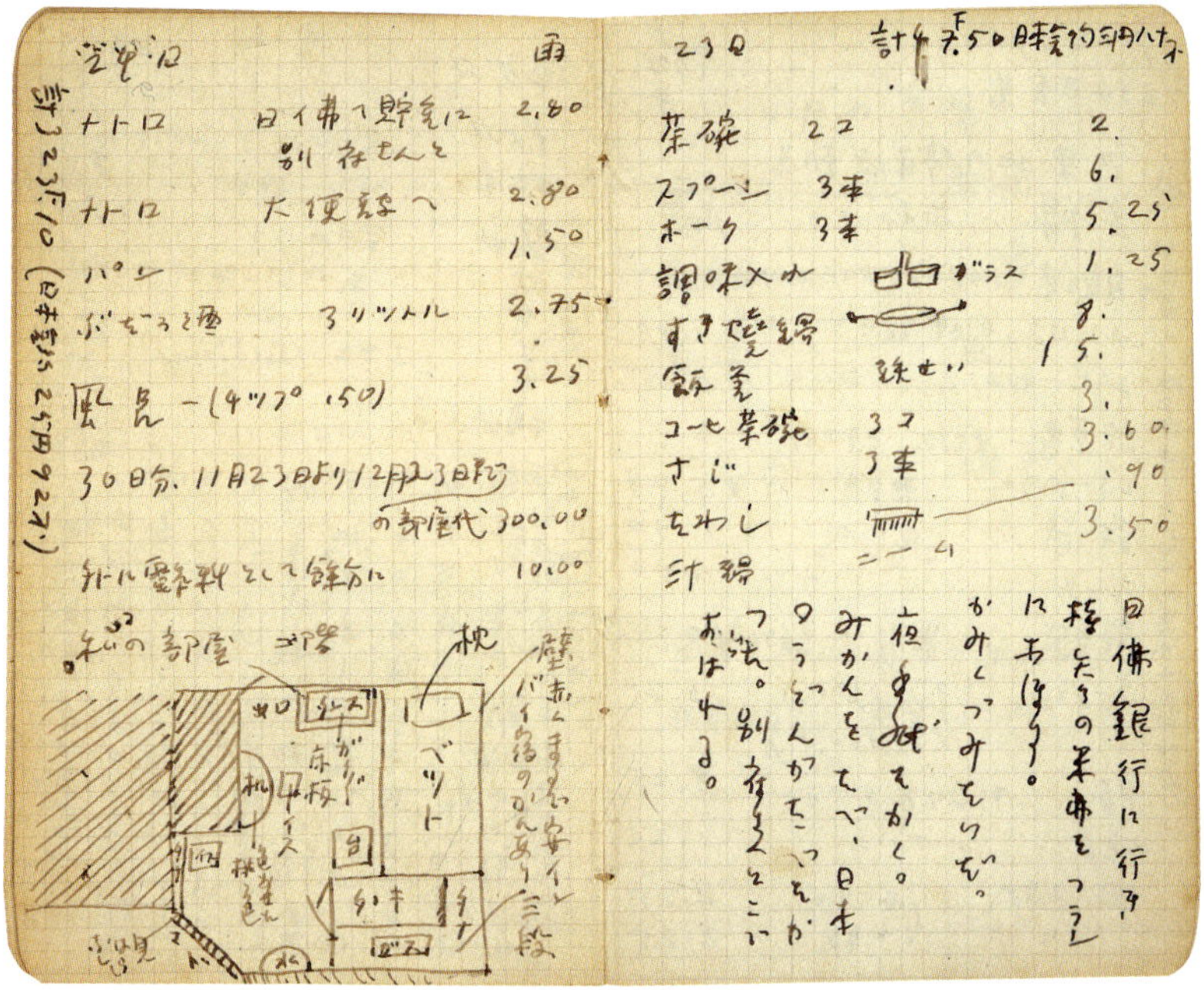

パリに到着した1931年11月23日から翌年1月6日まで、日々の買物や出来事を記した「小遣ひ帳」より、11月23日と24日のページ。初日に鍋釜、タワシなど買っている。最初のホテル(14区)の間取りを描き、〈壁赤くまるで安インバイ宿のかんあり〉とコメント。新宿歴史博物館蔵

CLINIQUE MEDICO CHIRURGICALE
OUVERTE A TOUS
MEDECINE GENERALE
CONSULTATION
UN POUR TOUS
TOUS POUR UN
FERA LA PAIX DU MONDE
CONSEIL
TRAVAILLEURS VOTRE JOURNAL DE CLASSE
L'HUMANITÉ EST EN DANGER
SOUSCRIVEZ ET VERSEZ
MAISON DE
TS (XIVe)
SOUSCRIPTION
PARTI COMMUNISTE
POUR LA CAMPAGNE ELECTORALE
PERMANENCE
DIMANCHE
ENTREE DE LA CLINIQUE
SALLE DE REUNIONS
ASSEMBLÉE POPULAIRE

右頁／パリの街路で。1931年12月。途中ひと月程のロンドン滞在をはさみ、翌年5月までパリで暮した。恋をし、原稿を書き、孤独とも向きあった半年間だった。

とに若き芙美子は夢中になったのではないかと私は思う。それは、恋しい人などかすむくらいの昂揚でありよろこびであったのではないか。旅の醍醐味、よろこびに、このとき芙美子はとらえられたのではないか。

無事巴里に着いた芙美子は、そこに住まいを得る。鍋を買い食材を買い、その土地の言葉を習う。しかし彼女はすぐに帰りたいと言い出し、ほかの地にいくことを求める。そうしながらも、しかし日記を見ると、大量の原稿を書いている。隣室の学生のきょうだいと親しくなり、エストニア人の友人を得、そうして希望通りイギリスにいき、そこでまた生活がはじまると、また帰りたい、日本に、巴里に帰りたいと言い出す。

『放浪記』でデビューした芙美子は、生涯、放浪者、旅人だったと私は思う。家もあったし家族もいた、けれどやっぱり、定住すると旅の虫が騒ぎ出す。巴里や英国で、帰りたい帰りたいと言うのは、旅人だからこそである。その地で暮らしても、彼女は生活者にはなれなかった。生活者にも観光旅行者にもなれない芙美子は、むさぼるように、歩く。足の裏で旅をする。「歩いている事が、いまの私に一番幸福らしい」。そして歩くには、ひとりでなければならなかった。自分だけの足で、手で、触れ、つかまえなければならなかった。

一度こういう旅をすると、人は死ぬまで旅に取り憑かれるというのが私感だが、芙美子もまさにそうだったように思えてならない。もしかしたら、この旅に出なければ、芙美子の旅の虫は静かに眠りについたかもしれない。けれどこの旅で、目を覚ましてしまった。そしてそれはふたたび眠りにつくことは生涯、なかった。そうしてこのとき目覚めた旅の虫こそが、この旅について書かれた大量の紀行文やコラムだけでなく、その後彼女が書き続ける小説の、ガソリンタンクになったのではないか。書くための、あるいは、生きるための。

一 門司

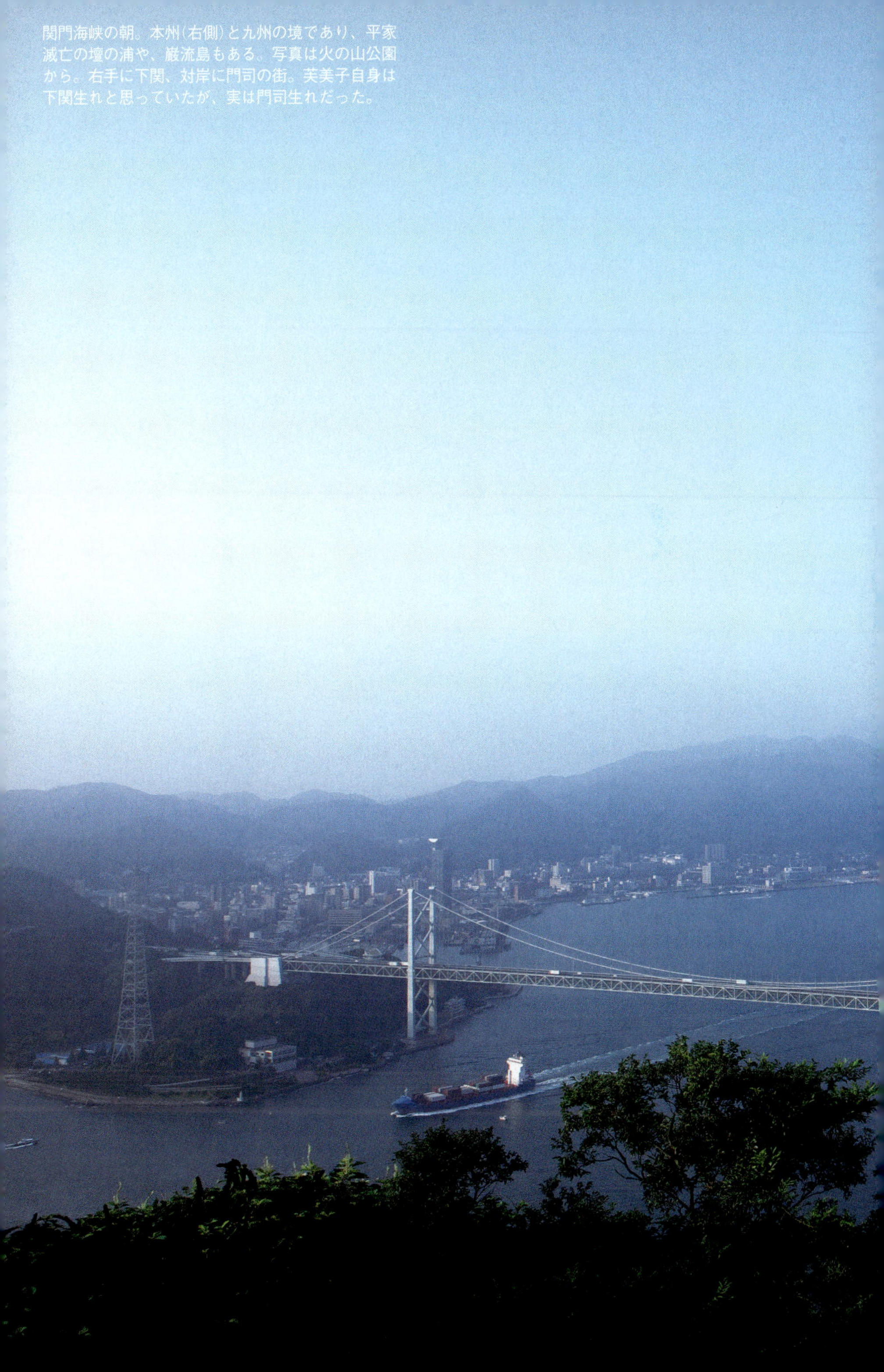

関門海峡の朝。本州（右側）と九州の境であり、平家滅亡の壇の浦や、巌流島もある。写真は火の山公園から。右手に下関、対岸に門司の街。芙美子自身は下関生れと思っていたが、実は門司生れだった。

私は宿命的に放浪者である

芙美子（前列中央）は私生児として生れた。父の宮田麻太郎（同右端）は行商人で、下関に「軍人屋」という質物を扱う店を出して成功。ただし芙美子の母キクは、軍人屋の店員だった沢井喜三郎（後列左端）と家出、一家３人の貧しい行商生活が始まる。

［次頁以下、林芙美子引用文出典］
１、２、３、４……『放浪記』　新潮文庫
１９７９年

私は北九州の或る小学校で、こんな歌を習った事があった。

更けゆく秋の夜　旅の空の
侘しき思いに　一人なやむ
恋いしや古里　なつかし父母

私は宿命的に放浪者である。私は古里を持たない。父は四国の伊予の人間で、太物の行商人であった。母は、九州の桜島の温泉宿の娘である。母は他国者と一緒になったと云うので、鹿児島を追放されて父と落ちつき場所を求めたところは、山口県の下関と云う処であった。私が生れたのはその下関の町である。——故郷に入れられなかった両親を持つ私は、したがって旅が古里であった。それ故、宿命的に旅人である私は、この恋いしや古里の歌を、随分侘しい気持ちで習ったものであった。——八つの時、私の幼い人生にも、暴風が吹きつけてきたのだ。若松で、呉服物の糶売《せりうり》をして、かなりの財産をつくっていた父は、長崎の沖の天草から逃げて来た浜と云う芸者を家に入れていた。雪の降る旧正月を最後として、私の母は、八つの私を連れて父の家を出てしまったのだ。若松と云うところは、渡し船に乗らなければ行けないところだと覚えている。

今の私の父は養父である。このひとは岡山の人間で、実直過ぎるほどの小心さと、アブノーマルな山ッ気とで、人生の半分は苦労で埋れていた人だ。私は母の連れ子になって、この父と一緒になると、ほとんど住家と云うものを持たないで暮して来た。どこへ行っても木賃宿ばかりの生活だった。「お父つぁんは、家を好かんとじゃ、道具が好かんとじゃ……」母は私にいつもこんなことを云っていた。そこで、人生いたるところ木賃宿ばかりの思い出を持って、私

は美しい山河も知らないで、義父と母に連れられて、九州一円を転々と行商をしてまわっていたのである。私がはじめて小学校へはいったのは長崎であった。ざっこく屋と云う木賃宿から、その頃流行のモスリンの改良服と云うのをきせられて、南京町近くの小学校へ通って行った。それを振り出しにして、佐世保、久留米、下関、門《も》司《じ》、戸畑、折尾《おりお》と言った順に、四年の間に、七度も学校をかわって、私には親しい友達が一人も出来なかった。

「お父つぁん、俺アもう、学校さ行きとうなかバイ……」

　せっぱつまった思いで、私は小学校をやめてしまったのだ。私は学校へ行くのが厭になっていたのだ。それは丁度、直方《のおがた》の炭坑町に住んでいた私の十二の時であったろう。「ふうちゃんにも、何か売らせましょうたいなあ……」遊ばせてはモッタイナイ年頃であった。私は学校をやめて行商をするようになったのだ。

1

　直方の町は明けても暮れても煤けて暗い空であった。砂で漉した鉄分の多い水で舌がよれるような町であった。大正町の馬屋と云う木賃宿に落ちついたのが七月で、父

右頁／門司港駅。駅舎は1914年の建造で国の重要文化財。戦前の門司は大貿易港を抱え、九州の玄関口として繁栄した。

達は相変らず、私を宿に置きっぱなしにすると、荷車を借りて、メリヤス類、足袋、新モス、腹巻、そういった物を行李に入れて、母が後押しで炭坑や陶器製造所へ行商に行っていた。

私には初めての見知らぬ土地であった。私は三銭の小遣いを貰い、それを兵児帯に巻いて、毎日町に遊びに出ていた。門司のように活気のある街でもない。長崎のように美しい街でもない。佐世保のように女のひとが美しい町でもなかった。骸炭《がいたん》のザクザクした道をはさんで、煤けた軒が不透明なあくびをしているような町だった。駄菓子屋、うどんや、屑屋、貸蒲団屋、まるで荷物列車のような町だ。その店先きには、町を歩いている女とは正反対の、これは又不健康な女達が、尖った目をして歩いていた。七月の暑い陽ざしの下を通る女は、汚れた腰巻と、袖のない襦袢きりである。夕方になると、シャベルを持った女や、空のモッコをぶらさげた女の群が、三々五々しゃべくりながら長屋へ帰って行った。

流行歌のおいいとこそうだよの唄が流行っていた。[2]

扇子が売れなくなると、私は一つ一銭のアンパンを売り歩くようになった。炭坑まで小一里の道程を、よく休み休み私はアンパンをつまみ食いして行ったものだ。父はその頃、商売上の事から坑夫と喧嘩をして頭をグルグル手拭で巻いて宿にくすぼっていた。母は多賀神社のそばでバナナの露店を開いていた。無数に駅からなだれて来る者は、坑夫の群である。一山いくらのバナナは割によく売れて行った。アンパンを売りさばいて母のそばへ籠を置くと、私はよく多賀神社へ遊びに行った。そして大勢の女や男達と一緒に、私も馬の銅像に祈願をこめた。いい事がありますように。――多賀さんの祭には、きまって雨が降る。多くの露店商人達は、駅のひさしや、多賀さんの境内を行ったり来たりして雨空を見上げていたものだった。

十月になって、炭坑《やま》にストライキがあった。街中は、ジンと鼻をつまんだように静かになると、炭坑から来る坑夫達だけが殺気だって活気があった。ストライキ、さりとは辛いね。私はこんな唄も覚えた。炭坑のストライキは、始終の事で坑夫達はさっさと他の炭坑へ流れて行くのだそうだ。そのたびに、町の商人との取引は抹殺されてしまうので、めったに坑夫達には品物を貸して帰れなかった。それでも坑夫相手の商売は、てっとり早くユカイだと商人達は云っていた。

3

何によらず炭坑街で、てっとり早く売れるものは、食物である。母のバナナと、私のアンパンは、雨が降りさえしなければ、二人の食べる位は売れて行った。馬屋の払いは月二円二十銭で、今は母も家を一軒借りるよりこの方が楽だと云っていた。だが、どこまで行ってもみじめすぎる私達である。秋になると、神経痛で、母は何日も商売を休むし、父は田地を売ってたった四十円の金しか持って来なかった。父はその金で、唐津焼を仕入れると、佐世保へ一人で働きに行ってしまった。

「じき二人は呼ぶけんのう……」

上／直方の多賀神社。戦国大名・大内義隆による建造という。芙美子が拝んだ馬の像は門の手前に。

こう云って、父は陽に焼けた厚司《あつし》一枚で汽車に乗って行った。私は一日も休めないアンパンの行商である。雨が降ると、直方の街中を軒並にアンパンを売って歩いた。
このころの思い出は一生忘れることは出来ないのだ。私には、商売は一寸も苦痛ではなかった。一軒一軒歩いて行くと、五銭、二銭、三銭と云う風に、私のこしらえた財布には金がたまって行く。そして私は、自分がどんなに商売上手であるかを母に賞めてもらうのが楽しみであった。私は二カ月もアンパンを売って母と暮した。或る日、街から帰ると、美しいヒワ色の兵児帯を母が縫っていた。
「どぎゃんしたと？」
私は驚異の眼をみはったものだ。四国のお父つぁんから送って来たのだと母は云っていた。私はなぜか胸が鳴っていた。間もなく、呼びに帰って来た義父と一緒に、私達三人は、直方を引きあげて、折尾行きの汽車に乗った。毎日あの道を歩いたのだ。汽車が遠賀川《おんが》の鉄橋を越すと、堤にそった白い路《みち》が暮れそめていて、私の目に悲しくうつるのであった。4

上／直方で。かつては炭鉱の町として大いに栄えた。石炭記念館などがある。

芙美子の一家が直方を去る時に越えた橋。川は遠賀川。筑豊本線の中間駅と筑前垣生駅間で、1908年建造の橋脚（煉瓦造）が一部残っている。

二つの生誕地

関門海峡に、本州と九州それぞれの玄関口として開かれた港町、下関と門司。二つの港町には、それぞれ林芙美子の「生誕の記念碑」が建てられています。

林芙美子（本名フミコ）明治三六年（一九〇三）一二月三一日（戸籍上の出生日）、鹿児島市の薬屋の長女・林キクの私生児として生まれました。キクは、弟の久吉が営む桜島の温泉宿の手伝いをしていて、一四歳下の行商人・宮田麻太郎と知り合い、芙美子をもうけました。麻太郎の認知はなく、芙美子は久吉の姪として入籍されました。

出生について芙美子自身は、明治三七年生まれとも、五月生まれとも語り、場所についても、下関で生まれた、と書いていますが、芙美子の没後に、麻太郎をよく知る人物の証言をもとにした門司誕生説が示され、現在は、門司が芙美子の出生地と考えられています。二つの生誕碑は、自分がどこで生まれたのか、はっきりとは知らなかった作家の複雑な境遇をあらわしています。

認知はされなかったものの、芙美子とキクは、麻太郎と一緒に暮らしていました。麻太郎は、明治三七年、同年に勃発した日露戦争にちなんで「軍人屋」という質物を扱う店を下関に開いて成功し、若松（北九州市）、長崎、熊本にも支店を出しました。明治四〇年には、本店を若松に移し、羽振りのいい生活を送っていました。若松の港は、筑豊炭田により日本一の石炭積出量を誇った上、明治三四年に開業した官営八幡製鉄所からも近く、北九州を代表する工業港として、隆盛を極めていました。

しかし、芙美子七歳の時、麻太郎がなじみの芸者を家に住まわせたため、キクは軍人屋の店員だった沢井喜三郎と一緒に、芙美子を連れて家を出ます。キクに同情を寄せていた沢井は、キクより二〇歳下でした。

この新しい家族は、長崎、佐世保を経て、下関で古着屋を始めましたが、大正三年（一九一四）、芙美子一一歳の時に店は倒産。芙美子は鹿児島の祖母に預けられますが、女中がわりに使われ、学校にも満足に行かせてもらえなかったようです。やがて、再び母と義父と暮らせるようになると、今度は行商する両親について北九州各地を転々とする生活が始まりました。

明治期、新しいエネルギー源として石炭の果たした役割は大きく、一大産業として急激に成長しました。北九州では、日本の石炭産出量の約半分の採掘量を誇った筑豊炭田を抱え、石炭輸送のための港や鉄道が整備され、商社や銀行も進出するなど、「黒いダイヤ」と呼ばれた石炭によって、地域経済が活性化しました。芙美子一家の北九州での行商暮らしは、この炭鉱業の発展を追ったものと考えられます。

『放浪記』では、「放浪記以前」として収められている「九州炭坑街放浪記」には、木賃宿に泊まりながら九州北部を行商していた一家が、一時、筑豊地方の中心地・直方にいた時のことが書かれています。明治二四年に筑豊本線若松—直方間が開通し、河川による従来の輸送とあわせて、石炭輸送網の中心地となった直方には、危険と引き換えに高収入を求めてやってくる労働者や技術者、さらには投資家が集まり、きつい炭坑労働を癒すための娯楽や商売が繁盛しました。一家が泊まった木賃宿にも〈祭文《さいもん》語りの義眼《いれめ》の男〉や〈親指のない淫売婦〉など、盛り場に群がる流浪の人々が同宿していました。〈私の周囲は朝から晩まで金の話である〉という環境で、芙美子（一一歳頃）は一人で、扇子や化粧品、アンパンを炭坑住宅で売り歩き、両親を助けました。

人間のむき出しの感情や欲望を垣間見た炭坑街での生活は、芙美子の強烈な原体験となり、「放浪者」としての自分を強く意識させることになりました。

文　橋本由起子

㈡ 尾道

尾道水道の夕景。浄土寺奥之院からの眺めで、右手に尾道市街、対岸は向島。因島や大三島など瀬戸内の島々が連なる。芙美子は13歳から19歳まで尾道で暮した。その後も〈旅の古里〉と称して、郷愁を抱き続けた。

泳いだ海、恋をした山

この地で文学に目覚めた。1922年3月、
尾道高等女学校の卒業を控えたころ。

［次頁以下、林芙美子引用文出典］
1、4、5……『放浪記』　新潮文庫　1979年
2、3……「風琴と魚の町」『風琴と魚の町・清貧の書』所収　新潮文庫　1953年

海が見えた。海が見える。五年振りに見る、尾道の海はなつかしい。汽車が尾道の海へさしかかると、煤けた小さい町の屋根が提灯のように拡がって来る。赤い千光寺の塔が見える、山は爽かな若葉だ。緑色の海向うにドックの赤い船が、帆柱を空に突きさしている。私は涙があふれていた。

　貧しい私達親子三人が、東京行きの夜汽車に乗った時は、町はずれに大きい火事があったけれど……。「ねえ、お母さん！　私達の東京行きに火が燃えるのは、きっといい事がありますよ。」しょぼしょぼして隠れるようにしている母達を、私はこう言って慰めたものだけれど……だが、あれから、あしかけ六年になる。私はうらぶれた体で、再び旅の古里である尾道へ逆もどりしているのだ。気の弱い両親をかかえた私は、当もなく、あの雑音のはげしい東京を放浪していたのだけれど、ああ今は旅の古里である尾道の海辺だ。海添いの遊女屋の行燈が、椿のように白く点々と見えている。見覚えのある屋根、見覚えのある倉庫、かつて自分の住居であった海辺の朽ちた昔の家が、五年前の平和な姿のままだ。何もかも懐しい姿である。少女の頃に吸った空気、泳いだ海、恋をした山の寺、何もかも、逆もどりしているような気がしてならない。

　尾道を去る時の私は肩上げもあったのだけれど、今の私の姿は、銀杏返し、何度も水をくぐった疲れた単衣、別にこんな姿で行きたい家もないけれど、とにかくもう汽車は尾道にはいり、肥料臭い匂いがしている。[1]

BACKSTREET

右頁／海山に挟まれた尾道は坂の多い街。奥の白い建物が芙美子が通った小学校（現・土堂小学校。当時と建物は別）。映画監督の大林宣彦も出身者だ。

二階の縁の障子をあけると、その石榴《ざくろ》の木と井戸が真下に見えた。井戸水は塩分を多分に含んで、顔を洗うと、一寸《ちょっと》舌が塩《しょ》っぱかった。水は二階のはんど甕の中へ、二日分位汲み入れた。縁側には、七輪や、馬穴《ばけつ》や、ゆきひらや、鮑《あわび》の植木鉢や、座敷は六畳で、押入れもなければ床の間もない。これが私達三人の落ちついた二階借りの部屋の風景である。2

小学校へ行く途中、神武天皇を祭った神社があった。その神社の裏に陸橋があって、下を汽車が走っていた。

「これへ乗って行きゃア、東京まで、沈黙《だま》っちょっても行けるんぞ」

「東京から、先の方は行けんか？」

「夷《えびす》の住んどるけに、女子供は行けぬ」

「東京から先は海か？」

「ハテ、お父さんも行ったこたなかよ」

随分、石段の多い学校であった。父は石段の途中で何度も休んだ。学校の庭は砂漠のように広かった。四隅に花壇があって、ゆすらうめ、鉄線蓮《てっせんれん》、おんじ、薊《あざみ》、ルピナス、躑躅《つつじ》、いちはつ、などのようなものが植えてあった。

校舎の上には、山の背が見えた。振り返ると、海が霞んで、近くに島がいくつも見えた。3

船宿の時計が五時をさしている。船着場の待合所の二階から、町の燈火《あかり》を見ていると、妙に目頭が熱くなってくるのだった。訪ねて行こうと思えば、行ける家もあるのだけれど、それも

左頁／波止場で夜釣り。渡船がゆきかう
たびに、さざ波が立って光が揺れる。

メンドウクサイことなり。切符を買って、あと五十銭玉一ツの財布をもって、私はしょんぼり、島の男の事を思い出していた。落書だらけの汽船の待合所の二階に、木枕を借りて、つっぷしていると、波止場に船が着いたのか、汽笛の音がしている。波止場の雑音が、フッと悲しく胸に聞えた。「因の島行きが出やんすで……」歪んだ梯子段を上って客引が知らせに来ると、陽にやけた縞のはいった蝙蝠と、小さい風呂敷包みをさげて、私は波止場へ降りて行った。

「ラムネいりやせんか！」

「玉子買うてつかアしゃア。」

物売りの声が、夕方の波止場の上を行ったり来たりしている。紫色の波にゆれて因の島行きのポッポ船が白い水を吐いていた。漠々たる浮世だ。あの町の灯の下で、「ポオルとヴィルジニイ」を読んだ日もあった。借金取りが来て、お母さんが便所へ隠れたのを、学校から帰ったままの私は、「お母さんは二日程、糸崎へ行って来る云うてであった……」と嘘をついて母が、侘し気にほめてくれた事もあった。あの頃、町には城ヶ島の唄や、沈鐘の唄が流行っていたものだ。三銭のラムネを一本買った。

夜。

「皆さん、はぶい着きやんしたで！」

船員がロープをほどいている。小さな船着場の横に、白い病院の燈火が海にちらちら光っていた。この島で長い事私を働かせて学校へはいっていた男が、安々と息をしているのだ。造船所で働いているのだ。

「この辺に安宿はありませんでしょうか。」

運送屋のお上さんが、私を宿屋まで案内して行ってくれた。[4]

島で母達と別れると、私は磯づたいに男の村の方へ行った。一円で買った菓子折を大事にかかえて因の島の樋《とい》のように細い町並を抜けると、一月の寒く冷たい青い海が漠々と果てもなく広がっていた。何となく胸の焼ける思いなり。あのひととはもう三カ月も会わないのだもの、東京での、あの苦しかった生活をあのひとはすぐ思い出してくれるだろう……。丘の上は一面の蜜柑山、実のったレモンの木が、何か少女時代の風景のようでとてもうれしかった。

牛二匹、腐れた藁屋根。レモンの丘。チャボが花のように群れた庭。一月の太陽は、こんなところにも、霧のような美しい光芒《こうぼう》を散らしていた。畳をあげた表の部屋には、あのひとの羽織がかけてあった。こんな長閑な住居にいる人達が、どうして私の事を、馬の骨だの牛の骨だのなんかと言うのだろうか、沈黙《だま》って砂埃のしている縁側に腰をかけていると、あの男のお母さんなのだろう、煤けて背骨のない藁人形のようなお婆さんが、鶏を追い

上／因島の天狗山から土生（はぶ）港を眺める。
尾道からの船はここに着く。路地は今も細い。

ながら裏の方から出て来た。

「私、尾道から来たんでございますが……」

「誰をたずねておいでたんな。」

　声には何かトゲトゲとした冷たさがあった。私は誰を尋ねて来たかと訊かれると、少女らしく涙があふれた。尾道でのはなし、東京でのはなし、私は一年あまりのあのひととの暮しを物語って見た。

「私は何も知らんけん、そのうち又誰ぞに相談しときましょう。」

「本人に会わせてもらえないでしょうか。」

　奥から、あのひとのお父さんなのか、六十近い老人が煙管《きせる》を吹き吹き出て来る。結局は、アメリカから帰った姉さん夫婦が反対の由なり。それに本人もこの頃造船所の庶務課に勤めがきまったので、あんまり幸福を乱さないでくれと言う事だった。5


上／土生の船着場で。近くに造船所があり、飲み屋も多い。

文学少女になる

〈旅の古里〉と恋い慕い、〈古里を持たない〉という芙美子が、上京してからもしばしば「帰郷」した町が尾道です。古代から水運が発達し、江戸時代には北前船の寄港地にもなった尾道は、明治二四年（一八九一）に山陽鉄道尾道駅が開駅すると、海運と陸運を結ぶ瀬戸内地方の交通の拠点として、一層にぎわいました。向島《むかいしま》、因島《いんのしま》、瀬戸田などの地区では造船も盛んで、明治四四年、大阪鉄工所が地元の造船会社を買収し、因島で大規模な造船工場を操業すると、地域の造船業はさらに発展し、大正三年（一九一四）に勃発した第一次世界大戦によって特需景気がもたらされました。北九州で極貧の生活を送っていた一家は、尾道のこの繁栄ぶりを聞きつけ、大正五年に移り住みます。

芙美子は一三歳から一九歳までの多感な少女時代を尾道で過ごしました。尾道では、貸間を転々としたものの、木賃宿の生活からは抜け出すことができました。また、一一歳で鹿児島に預けられてからは、ほとんど学校に通っていなかったため、二年遅れとはなりましたが、尾道第二尋常小学校（現・土堂小学校）の五年生に編入しました。小学校では小林正雄という教師に文学的素養を見出され、小林の勧めで女学校進学を志します。芙美子のような階層の娘が女学校に進学することは異例でしたが、小林の熱心な指導とキクの強い決意により、大正七年、芙美子は尾道市立高等女学校（現・尾道東高等学校）に入学しました。女学校に進んだ芙美子は、ここでも森要人、今井篤三郎という国語教師に目をかけられて文才を伸ばし、秋沼陽子というペンネームで、地方新聞に詩や短歌を発表するまでになりました。

尾道では恋も経験しました。相手は『放浪記』に〈島の男〉として登場する因島の素封家の息子岡野軍一です。岡野は忠海町《ただのうみ》（現・竹原市）にある全寮制の学校に通っており、帰郷時、尾道で因島行の船を待つうちに、偶

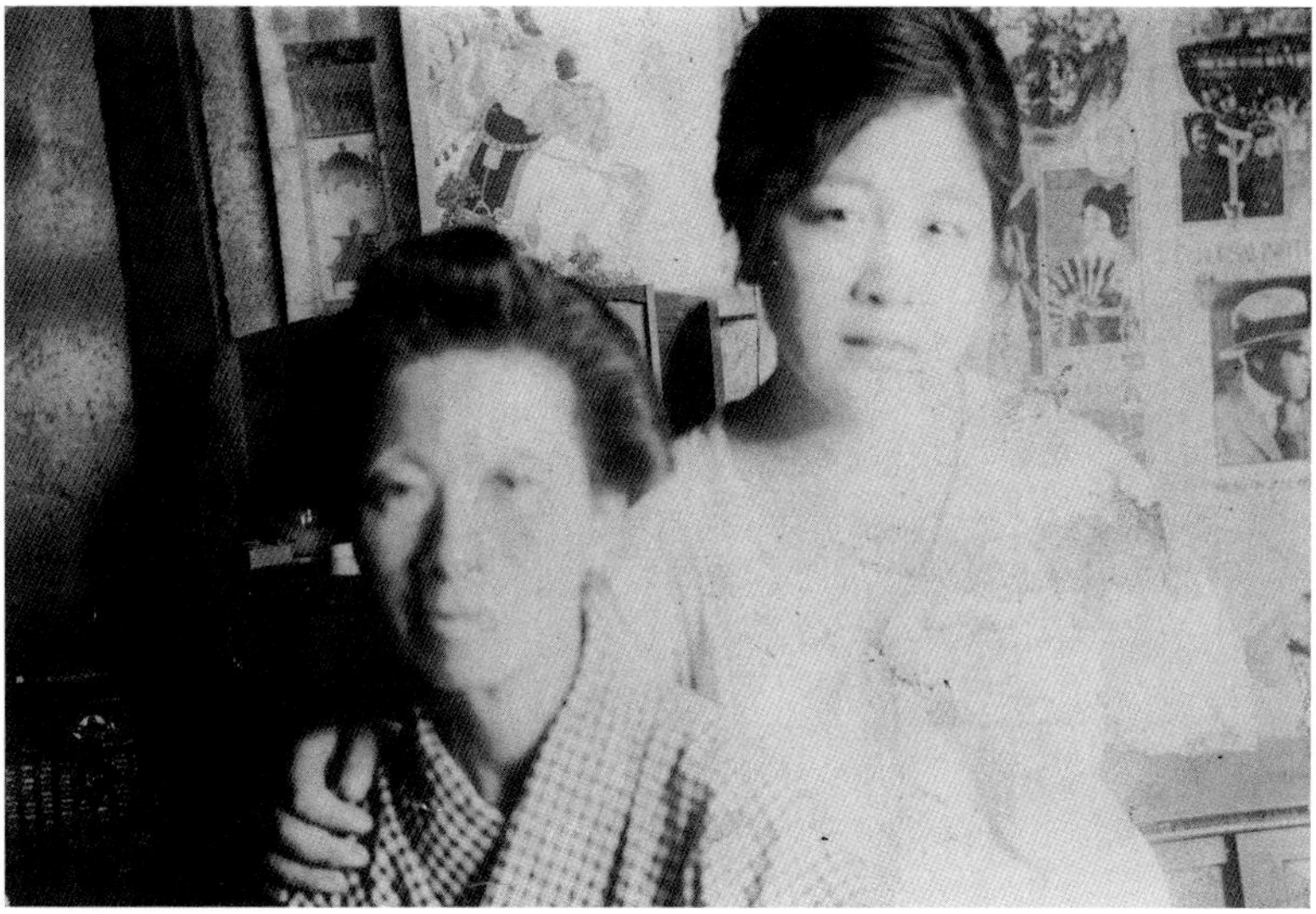

上京後に尾道へ帰った際、母のキクと。1924年

然芙美子と知り合い、恋仲となりました。芙美子と岡野の歳の差は六歳。芙美子が女学校に入学した年に岡野は中学を卒業し、大阪鉄工所因島工場に就職しました。しかし、就職後、幹部社員になるには学歴が必要であると知り、大正九年、東京の明治大学専門部商科に進学します。岡野は、東京から芙美子に宛てて、たびたび本を送りました。その中には、大正一〇年に翻訳出版されたばかりの、ノルウェー人のノーベル賞作家クヌート・ハムスンの『飢え』もありました。『放浪記』執筆のきっかけとなったともいわれるこの小説を、芙美子は聖典のように読んだといいます。

大正一一年三月、女学校を卒業した芙美子は、岡野を追って上京しますが、その後も毎年のように尾道に戻ります。流浪の生活から一転して、心身ともに居場所を見つけられた尾道は、芙美子が生涯愛した〈古里〉でした。

文　橋本由起子

芙美子の旅行術◎一

のりもの

橋本由起子

芙美子が中国やパリに出かけた昭和初期、外国へ行く時の交通手段は、鉄道か船です。当時も欧米の学問・芸術を学ぶために、私費で渡航する人々はいましたが、旅費は今では想像できないくらい高く、国際政治情勢からの不安もつきまといました。

芙美子は昭和六年（一九三一）のパリ旅行の際、往路は鉄道を使っています。その頃ヨーロッパへ行くには、シベリア鉄道を使う陸路と、インド洋を経由する海路のどちらかを選ぶことになります。鉄道の旅は約二週間の行程ですが、途中、朝鮮、満州、ロシア、東欧など、一〇回以上も乗り換えをしなくてはいけません。船の旅は一ヶ月余りかかり、費用も高価でしたが、乗り換えの煩わしさはありません。資金に余裕のなかった芙美子は、面倒も多く、しかも一一月という時期に極寒の地を進む鉄道旅行を選びました。さらに旅費を節約するため、三等車に席を取ります。食事もいちいち食堂車を利用しないで済むように、途中の街々でも調達していました。

戦争の気配を感じながらのパリ行きでしたが、同じ列車に乗り合わせた人々とは温かな交流を重ねています。〈朝起きると両隣りからお茶に呼ばれますし、トランプに呼ばれるし、何しろ出鱈目な露西亜語で笑わせるのですから、可愛がってくれたのでしょう〉

芙美子はパリの旅行記に〈おせっかいながら〉としつつ、東京からの旅費を詳細に書きとめています。それを見ると、総額三一三円二九銭。三等車なので割安だったはずですが、それでも、当時の大学卒の初任給が五〇円前後だったことを思うと、相当の覚悟で臨んだ旅だったことがわかります。

掛かった費用や物価など、具体的な情報が盛り込まれた芙美子の旅行記は、まだ外国へ行ったことのない多くの読者にとって、憧れとも、励みともなったことでしょう。

煮込み
居酒屋
大勝
3841-7364
大衆酒場
岡本
韓国風
牛すじ煮
もつ煮込み
居酒屋
鈴芳
牛すじ煮
牛スジ
もつ煮込
牛すじ
大勝
特製
牛もつ煮

㊂ 東京

浅草の飲み屋街(ホッピー通り)。恋人を追って1922年に上京した芙美子は、女給、女中、女工など、種々の職を転々とする。そして淋しくなると浅草へ来て、ひとり酒を飲んだ。

ああ一人の
酔いどれ女でございます

上京後、20歳頃か。「放浪」時代の肖像。

［次頁以下、林芙美子引用文出典］
1、2、3、4、5、6、7、8、9、10……『放浪記』
新潮文庫　1979年

ひまが出るなり。

別に行くところもない。大きな風呂敷包みを持って、汽車道の上に架った陸橋の上で、貰った紙包みを開いて見たら、たった二円はいっていた。二週間あまりも居て、金二円也。足の先から、冷たい血があがるような思いだった。

1

夜。

新宿の旭町の木賃宿へ泊った。石崖《いしがけ》の下の雪どけで、道が餡《あん》このようにこねこねしている通りの旅人宿に、一泊三十銭で私は泥のような体を横たえることが出来た。三畳の部屋に豆ランプのついた、まるで明治時代にだってありはしないような部屋の中に、明日の日の約束されていない私は、私を捨てた島の男へ、たよりにもならない長い手紙を書いてみた。

みんな嘘っぱちばかりの世界だった
甲州行きの終列車が頭の上を走ってゆく
百貨店《マーケット》の屋上のように寥々《りょうりょう》とした全生活を振り捨てて
私は木賃宿の蒲団に静脈を延ばしている
列車にフンサイされた死骸を
私は他人のように抱きしめてみた
真夜中に煤けた障子を明けると
こんなところにも空があって月がおどけていた。

旅館
中田家
すえひろ

右頁／旭町は今の新宿４丁目。タカシマヤと道を挟んだ向いだが、別世界の感がある。古い安宿がいくつか残る。１泊1800円から。

みなさまさよなら！
私は歪んだサイコロになってまた逆もどり
ここは木賃宿の屋根裏です
私は堆積された旅愁をつかんで
飄々と風に吹かれていた。2

朝、青梅街道の入口の飯屋へ行った。熱いお茶を呑んでいると、ドロドロに汚れた労働者が駈け込むように這入って来て、

「姉さん！　十銭で何か食わしてくんないかな、十銭玉一つきりしかないんだ。」

大声で云って正直に立っている。すると、十五六の小娘が、

「御飯に肉豆腐でいいですか。」と云った。

労働者は急にニコニコしてバンコへ腰をかけた。

大きな飯丼。葱と小間切れの肉豆腐。濁った味噌汁。これだけが十銭玉一つの栄養食だ。労働者は天真に大口あけて飯を頬ばっている。涙ぐましい風景だった。天井の壁には、一食十銭よりと書いてあるのに、十銭玉一つきりのこの労働者は、すなおに大声で念を押しているのだ。私は涙ぐましい気持ちだった。御飯の盛りが私のより多いような気がしたけれども、あれで足りるかしらとも思う。その労働者はいたって朗かだった。私の前には、御飯にごった煮にお新香が運ばれてきた。まことに貧しき山海の珍味である。合計十二銭也を払って、のれんを出ると、どうもありがとうと女中さんが云ってくれる。お茶をたらふく呑んで、朝のあいさつを交わして、十二銭なのだ。どんづまりの世界は、光明と紙一重で、ほんとに朗かだと思う。3

正反対の電車に乗ってしまった私は、寒い上野にしょんぼり自分の影をふんで降りた。狂人じみた口入《くちいれ》屋の高い広告燈が、難破船の信号みたように風にゆれていた。

「お望みは……」

牛太郎《ぎゅうたろう》のような番頭にきかれて、まず私はかたずを呑んで、商品のような求人広告のビラを見上げた。

「辛い事をやるのも一生、楽な事をやるのも一生、姉さん良く考えた方がいいですよ。」

肩掛もしていない、このみすぼらしい女に、番頭は目を細めて値ぶみを始めたのか、ジロジロ私の様子を見ている。下谷《したや》の寿司屋の女中さんの口に紹介をたのむと、一円の手数料を五十銭にまけてもらって公園に行った。今にも雪の降って来そうな空模様なのに、ベンチの浮浪人達は、朗かな鼾声《いびき》をあげて眠っている。西郷さんの銅像も浪人戦争の遺物だ。貴方と私は同じ郷里なのですよ。鹿児島が恋しいとはお思いになりませんか。霧島山が、桜島が、城山が、熱いお茶にカルカンの甘味《おい》しい頃ですね。

貴方も私も寒そうだ。

貴方も私も貧乏だ。

昼から工場に出る。生きるは辛し。4

上／上野公園の西郷隆盛像。高村光雲の作で、1898年建立。
左頁／雑司ヶ谷墓地。初恋の人岡野と、この近所で同棲した。

1種13号9側

晩春五月のことだった。散歩に行った雑司ヶ谷の墓地で、何度も何度もお腹をぶっつけては泣いた私の姿を思い出すなり。梨のつぶてのように、私一人を東京においてけぼりにすると、いいかげんな音信しかよこさない男だった。あんなひとの子供を産んじゃア困ると思った私は、何もかもが旅空でおそろしくなって、私は走って行っては墓石に腹をドシンドシンぶっつけていたのだ。男の手紙には、アメリカから帰って来た姉さん夫婦がとてもガンコに反対するのだと云っている。家を出てでも私と一緒になると云っておいて、卒業あと一年間の大学生活を私と一緒にあの雑司ヶ谷でおくったひとだのに、卒業すると自分一人でかえって行ってしまった。あんなに固く信じあっていたのに、お養父《とう》さんもお母さんも忘れてこんなに働いていたのに、私は浅い若い恋の日なんて、うたかたの泡よりはかないものだと思った。5

銀座の滝山町まで歩く。昼夜銀行前の、時事新報社で出している、少年少女と云う雑誌は割合いいのだと聞いたので行ってみる。

係の人は誰もいないので、原稿をあずけて戸外へ出る。四囲いちめん食欲をそそる匂いが渦をなしている。木村屋の店さきでは、出来たてのアンパンが陳列の硝子をぼおっとくもらせている。紫色のあんのはいった甘いパン、いったい、何処のどなたさまの胃袋を満すのだろう……。

四丁目の通りには物々しくお巡りさんが幾人も立っている。誰か皇族さまのお通りだそうだ。皇族さまとはいったいどんな顔をしているのだろう。平民の顔よりも立派なのかな。ゆっくり歩いてカフエーライオンの前へ行く。ふっと見ると、往来ばたの天幕小屋に、広告受付所、都新聞と云うビラがさがって、そのそばに、小さく広告受付係の婦人募集と出ている。天幕の中には、卓子が一つに椅子が一つ。そばへ寄って行くと、中年の男のひとが、「広告ですか？」

と云う。受付係に雇われたいのだと云うと、履歴書を出しなさいと云うので、履歴書の紙を買う金がないのだと云うと、その男のひとは、吃驚した顔で、「じゃア、これへ簡単に書いて下さい。明日から来てみて下さい」と親切に云ってくれた。[6]

銀座の鋪道が河になったら面白いだろうと思う。銀座の家並が山になったらいいな、そしてその山の上に雪が光っていたらどんなにいいだろう……。赤煉瓦の鋪道の片隅に、二銭のコマを売っている汚れたお爺さんがいた。人間って、こんな姿をしてまでも生きていなくてはならないのかしら、宿命とか運命なんて、あれは狐つきの云う事でしょうね、お爺さん！　ナポレオンのような戦術家になって、そんな二銭のコマで停滞する事は止めて下さい。コマ売りの老人の同情を強いる眼を見ていると、妙に嘲笑してやりたくなる。あんなものと私と同族だなんて、ああ汚れたものと美しいものとけじめのつかない錯覚だらけのガタガタの銀座よ……家へかえったら当分履歴書はお休みだ。[7]

上／銀座の木村屋本店。創業141年らしい。
いまも店先であんパンを売る。

うららかな好晴なり。ヨシツネさんを想い出して、公休日を幸い、ひとりで浅草へ行ってみる。なつかしいこまん堂。一銭じょうきに乗ってみたくなる。石油色の隅田川、みていると、みかんの皮、木裂《こっぱ》、猫のふやけたのも流れている。河向うの大きい煙突からもくもくと煙が立っている。駒形橋のそばのホウリネス教会。ああすこはやっぱり素通りで、ヨシツネさんには逢う気もなく、どじょう屋にはいって、真黒い下足の木札を握る。籐畳に並んだ長いちゃぶ台と、木綿の薄べったい座蒲団。やながわに酒を一本つけて貰う。隣りの鳥打帽子の番頭風な男がびっくりした顔をしている。若い女が真昼に酒を飲むなぞとは妙な事でございましょうか？　それにはそれなりの事情があるのでございます。8

浅草はいい処だ。
浅草はいつ来てもよいところだ……。テンポの早い灯の中をグルリ、グルリ、私は放浪のカチュウシャです。

上／隅田川に架かる駒形橋は1927年建造。文中の〈こまん堂〉は駒形堂で、橋のたもとの赤いお堂。

長いことクリームを塗らない顔は瀬戸物のように固くなって、安酒に酔った私は誰もおそろしいものがない。ああ一人の酔いどれ女でございます。酒に酔えば泣きじょうご、痺れて手も足もばらばらになってしまいそうなこの気持ちのすさまじさ……酒でも呑まなければあんまり世間は馬鹿らしくて、まともな顔をしては通れない。9

浅草は酒を呑むによいところ。浅草は酒にさめてもよいところだ。一杯五銭の甘酒、一杯五銭のしる粉、一串二銭の焼鳥は何と肩のはらない御馳走だろう。金魚のように風に吹かれている芝居小屋の旗をみていると、その旗の中にはかつて私を愛した男の名もさらされている。わっは、わっは、あのいつもの声で私を嘲笑している。さあ皆さん御きげんよう。何年ぶりかで見上げる夜空の寒いこと、私の肩掛は人絹がまじっているのでございます。他人が肩に手をかけたように、スイスイと肌に風が通りますのよ。10

上／駒形のどじょう屋といえば「駒形どぜう」。1階席の雰囲気は当時と余り変らないはず。柳川鍋は1500円也。

「職」と「男」の放浪記

一九歳で上京した芙美子は、岡野軍一と雑司ヶ谷で同棲します。しかし、家族の反対に屈した岡野は、大学を卒業すると、故郷の因島に帰ってしまいました。ここから再び芙美子の放浪生活が始まります。木賃宿に泊まり歩いた幼少時代が「住処《すみか》の放浪」だとしたら、東京での放浪は「職の放浪」と「男の放浪」を意味していました。

働きながら岡野の卒業を待ち、卒業後に結婚するというのが、芙美子が描いていた青写真でした。風呂屋の下足番や出版社の帯封書きなどの職に就き、芙美子の上京後間もなく東京に来た両親とともに夜店を出したりしながら、その時を待ちました。しかし、頼みにしていた岡野とは破局。大正一二年（一九二三）九月に関東大震災が起きるといったん東京を離れますが、またすぐに戻ります。

この頃に芙美子が就いた職業を『放浪記』の〈私〉を参考に拾ってみると――作家の家の女中、薬の見本整理、セルロイド工場の女工、牛鍋屋の女中、産婆助手見習い、新聞記者、貿易店の事務員、新聞の広告受付係、カフェーの女給など、職種も賃金もさまざま。中で最も賃金がよいのは薬の見本整理で、月給三五円（現在なら約一七万円）。他の職業ははるかにそれに届かず、女工で日給七五銭、女給にいたっては住込みでチップのみなど、悪条件のものも多くありました。神田の職業紹介所で〈私〉が希望の月給を三〇円位と書くと、受付の女性に〈女中じゃいけないの……事務員なんて、女学校出がうろうろしているんだから駄目よ〉と言われてしまいます。第一次世界大戦の特需景気から一転して、反動不況にあったこの時期、学歴があってもなかなか職につけない人が街には溢れていました。ただし、震災復興による街の変化は新しい職業も生み出しています。男性より低賃金で雇用できることもあり、女性の労働力が期待されました。神田の職業紹介所で〈私〉は、「ガソリン嬢」（着物にエプロン姿で自動車に給油する〉という新しい職を紹介されます。〈せめて三十円の金があれば〉と職を転々とする〈私〉は、就職難の世相を映す反面、職業を選び、働く自由が女性にも開かれてきたことを示しています。

　岡野と別れてからの芙美子は、新劇俳優の田辺若男や詩人の野村吉哉と同棲生活を送りました。芙美子の詩に感動して意気投合した田辺は、芙美子を本郷の書店「南天堂」に連れて行き、その二階にあったレストラン「レバノン」に集う萩原恭次郎、壺井繁治、岡本潤、高橋新吉、野村吉哉、辻潤らのアナーキスト詩人に紹介しました。田辺との生活は二、三ヶ月と短いものに終わりましたが、南天堂グループとの接近は、芙美子の文学への情熱をかきたてました。野村との生活は、貧しさと野村の病気（結核）への苛立ちが、暴力となって芙美子に向けられるようになり、一年半程で破綻します。

〈私は渇いた気持ちで生きていたので、学校を卒業したら、すぐ手近なところで安心して結婚したいと思っていた〉という芙美子が、この時期、甲斐性のない男たちとつきあったのは、生活の保障よりも、創作の糧になるような男性を求めるようになったからなのかもしれません。

　大正一五年一二月、二三歳の芙美子は、以前から顔見知りだった長野県出身の画学生・手塚緑敏《りょくびん》と結婚します。緑敏は芙美子より一歳年上で、性格も温厚、妻の創作活動を精神的に支えます。緑敏と結婚した芙美子は、長い放浪の時代を脱し、貧しくとも穏やかな生活を手に入れます。波乱に富んだ東京での放浪生活でしたが、この経験が、出世作『放浪記』の素材となり、作家・林芙美子をつくったのです。

文　橋本由起子

四 パリ

冬の宵のセーヌ川。右手の木立の後ろはルーブル美術館。芙美子のパリ滞在は1931年11月から翌年5月までだが、その間、セーヌの左岸(エッフェル塔のあるほう)にしか住まなかった。

巴里の街は、物を食べながら歩けるのです

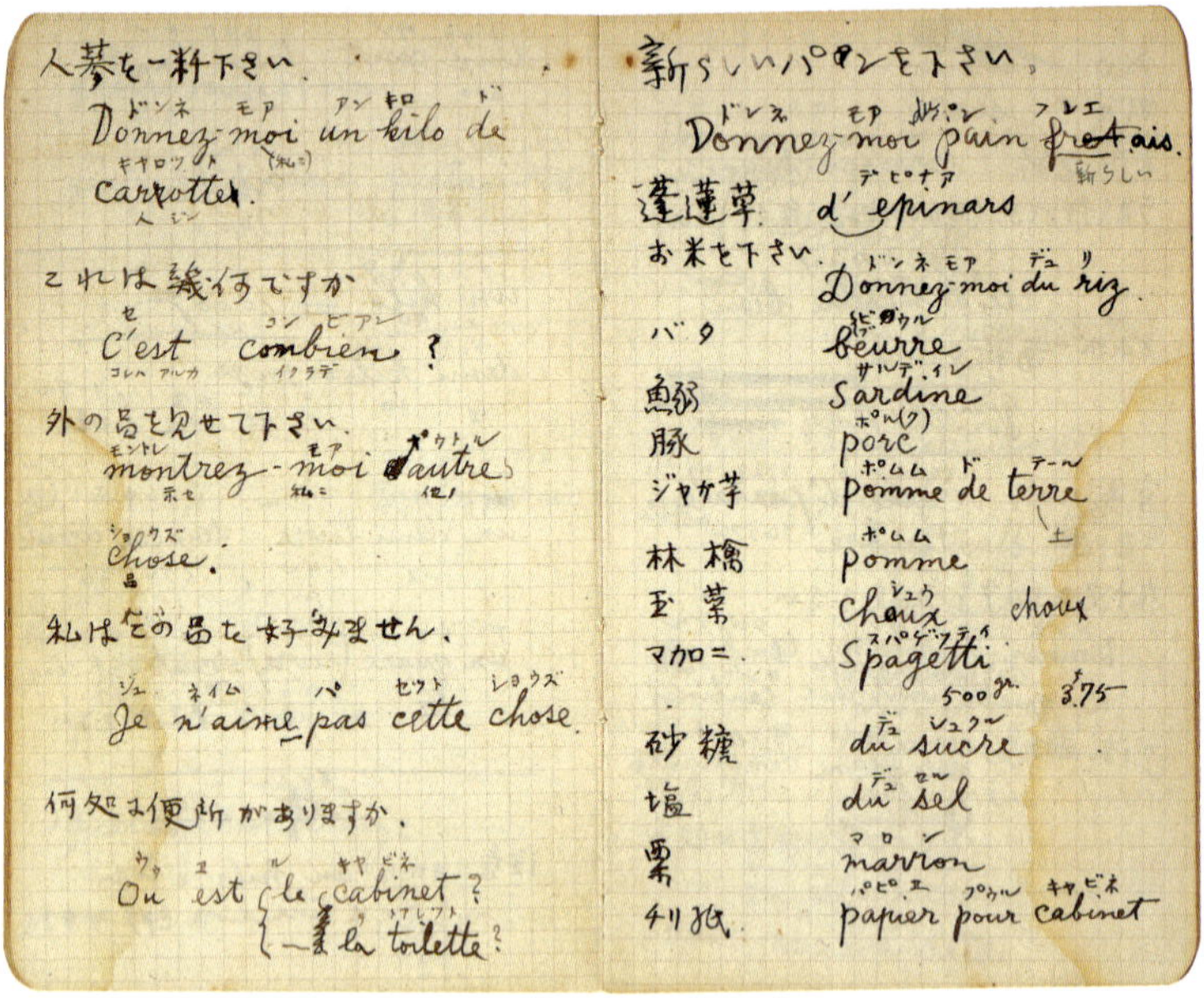

芙美子がパリでつけていた手帖から。一人暮しに必要なフランス語を記している。「砂糖　塩　栗　チリ紙」という並びが不思議。新宿歴史博物館蔵

［次頁以下、林芙美子引用文出典］
1、2……「下駄で歩いた巴里」『林芙美子紀行集　下駄で歩いた巴里』所収　岩波文庫　2003年
3……「外国の想い出」『林芙美子全集』第10巻所収　文泉堂出版　1977年
4、6……「春の日記」『林芙美子紀行集　下駄で歩いた巴里』所収　岩波文庫　2003年
5……「巴里」『林芙美子紀行集　下駄で歩いた巴里』所収　岩波文庫　2003年

さて巴里《パリー》の第一頁だけれど、——初めの一週間はめっちゃくちゃに眠ってしまいました。第一巴里だなんて、どんなにカラリとした街だろうとそんな風に空想して来たのですけれど、夜明けだか、夕暮だか、すこしも見当がつかないほど、冬の巴里は乳色にたそがれていて眠るに適しているのです。

「巴里に眠りに来たのだろう」と云う人もあったらしいのですが、とにかく金なし、周章《あわ》てては事を仕損じます。私は眠ったふりをして本当は巴里での生活をあれこれ考えていました。1

私の下宿は、ダンフェル街のブウラアド十番地。ちょっと広場へ出ると、ライオンの像があります。寝そべっているかたちは三越のと同じ。この街は小石川辺のごみごみしたところのように物が安くて、あまりつんとした方たちはお住いにならない。つんとした方たちは皆セーヌの河むこう。だから、このダンフェルは下町と云った方が当っているかも知れません。物が安いと云えば、パンがうまくて安い。こっちのパンは薪ざっぽうみたいに長くて、これを噛《かじ》りながら歩けます。これは至極楽しい。巴里の街は、物を食べながら歩けるのです。私は毎朝六十文《サンチーム》（四銭八厘）ばかりの長細いパンを買って来て食べています。巴里では米も食えます。伊太利《イタリー》米のぱさぱさしたのだけれど、御飯を食べると沢庵を空想するので止めてしまいました。巴里の食料品はパンの外は何だかみんな大味で、魚は日本にかなわない。

　買物に行くのに、塗下駄でポクポク歩きますので、皆もう私を知っていてくれます。伊太利人の食料品屋では、あまり私がマカロニを買いに行くので、「お前の舌は伊太利がよく判る」そんな風なおせじさえ云ってくれます。2

巴里の春はとても素敵でした。あんなに美しい都会の春は、日本の都会のどこにも見ることが出来ません。だんだらの海岸用の日傘を出したキャフェのテラスには、外套をぬいだ色とりどりの女達がお茶を飲んでいるし、マロニエは黒い枝々からエメラルド色の芽を吹いているし、飛行機は飛んでいる、青白赤の国旗が街のどこかにヒラヒラしているし、公園に行くと人形芝居があるし、ブーロォニュの森には遠乗りで来た女達の乗った馬の群や、全く、街中の道と云う道がサロンなのです。

風琴弾きや、大道手品師が、辻々に人を呼んでいるし、その四辻の新聞売場では、モードの新らしい婦人服の雑誌が眼をひくし、私は随分そわそわした気持ちになり、戸外ばかり歩いて暮らしました。

私の住居はダンフェルオシロの四ツ角にありましたので、そこから何時もモンパルナスまで散歩がてらホツホツ歩いてゆきました。モンパルナスまでの途中小さい画商が二軒あって、一軒の陳列には淡いラプラアードの絵がかかり、一軒にはディフィの森の絵がありました。毎朝これを眺めて、セーヌの方へ行ったりソルボンヌの大学横町へ支那めしを食べに行ったりしました。3

上／芙美子はパリで2度、部屋を変えた。写真は2軒目のホテル「フロリドール」。14区ダンフェル・ロシュロ街に現存する。

四月二十六日

朝、ルーブルに行く。コローの絵を暫く眺める。遠くから見ると淡々と描いてあって、そばへ寄ると七宝のように積みかさねたテクニック。これは王様にささげるような絵だと思った。

ヴァンドンゲンの絵はあまり好かない。サロン画家の感じ。日本の藤田に似ている。

夕方、サン・ミッシェルぎわのカフェーにS氏を待ち、夕食を近所のグリルで食べる。鶏だの野菜だの沢山食べた。かえり街を歩く。

セーヌの夜の景色美し。それより、モンパルナス裏の芝居小舎へ行き、埃っぽい芝居を観て帰える。

今日は愉しかった。4

上／日記帖は百貨店ボンマルシェ製の育児日記を使用。その見返しの余白には、ホテル・フロリドールの部屋と洗面台の様子が、芙美子の手で描かれている。新宿歴史博物館蔵

カミーユ・コロー「モルトフォンテーヌの思い出」 部分
1864年　油彩、カンバス　65×89cm　ルーブル美術館蔵

巴里のモンマルトルといえば、まず日本の浅草のようなところ。町は全くインタナショナルで、玩具箱をひっくりかえしたような繁華さだ。
「ええお前の胸より暖かいのォ。」
　ポーランド女の焼いているパンチュウ店や、「貴方の愛らしきアミへ」と呼び売りしている菫売り、青い蝸牛《かたつむり》や、レモンと牡蠣を売っている露店、辻には幽霊汽車や、カンシャク自動車などがあるし、一歩小路へ這入ると、青い瞳の女がまるで背戸の筍のようにつったっている。キャバレーなんぞも、日本のカフェーなどのように軒並みで、シャノアールと云うところなどは、何も知らずに這入って行こうものなら、舞台の女たちから、ノッケに悪口を云われて、田舎者は赧《あか》くなって戸外へ逃げ出してしまわなければならないそうだ。キャバレーといえば、ブルバアル・サンミッシェルの燕横丁に、昔牢屋であった跡の地下室の穴蔵を酒場兼用につかっている店があった。松尾さんに案内されて夜更けて出掛けて行ってみた

上／〈燕横丁〉のキャバレーがあった場所は、いまも酒場。
rue de l'hirondelle の La Vénus Noire という店。

けれど、戸口に、赤ハンカチのアパッシュの男が立っている。扉にはトランプが散っている毒々しい絵が描いてあるが、一歩中へ這入るとガランとした空虚さがあって妙に深閑としてしまう。この酒場が盛んな頃には、ボオドレエルとか、アルチュール・ランボーなんかが出はいりしていたものと見えて、石の柱には此様な文人たちの落書が眼を惹く。地下室に降りて行くと、カンテラ風な電気がついていて、低い舞台には、風琴《アコルデオン》一ツで女が詩のようなものをうたっていた。ここではビール位を註文するに限るそうだ。変に気取ってカクテルをとったりすると似顔描きなどが寄って来て、なかなかメンドウな仕儀になってしまうと教えて貰った。私なんぞも、下手なパステルの似顔を買わされて五法《フラン》も取られたりした。5

上／酒場の建物は中世のもので、地下はやはり牢獄だったという。
ヴェルレーヌやワイルドの名を刻んだ石板も残るが、由来は不明。

四月三十日

今日は全く晴天だ。

日本のような山林のなかを歩いた。昔はこの辺を鹿が歩いていたのだそうだ。フォンテンブロー派の絵描きのあつまった処なり。昼は大きな硝子張りの食堂で御飯を食べる。庭は奈良の景色に似ている。暖い陽を浴びながらの食事愉し。

夕方六時頃、ここを去ってバルビゾーンに向う。緑の海のなかをシャルメッテと云う宿に着く。シャルメッテは古風な宿、すぐ向うにミレーのアトリエがある。夕方、夕焼を追って散歩。村道狭し。ミレーもこの道を歩いたのかとなつかしかった。画室はありふれた田舎家、玄関の入口にベットがあって、ここでミレーは最後の息を引きとったのだと云う。

明日は早々に見物を済ませて巴里へ帰える予定なり。6

右頁・上／黄昏どきのバルビゾンの森とミレーのアトリエ（一般公開されている）。

恋と過労

昭和六年（一九三一）一一月四日、二八歳の芙美子はひとりパリへと旅立ちました。前年の七月に改造社の「新鋭文学叢書」の一冊として刊行された『放浪記』が大ベストセラーとなり、早くも同年一一月に『続放浪記』が刊行されました。芙美子は〈身分不相応に貰った〉印税を旅行に使うことにします。まずは同年八月に満州、中国へ一人旅、続いて長年憧れてきたパリへ向かいました。

明治期の外国留学で、フランスへ渡ったのは主に画家たちでした。大正期に入り、文化芸術が重んじられるようになると、一層パリへの関心が高まります。作家でもパリに憧れを抱く者が増えていきます。大正二年（一九一三）にパリに渡った島崎藤村もその一人で、芙美子は、藤村が書いたパリの紀行文を熱心に読んでいました。

昭和初期には、改造社の「現代日本文学全集」に始まる「円本ブーム」が起こり、多額の印税を手にした作家が海外へ行く機会も増えました。一方、昭和三年に金子光晴が、途中途中で金策をしながらパリへ行ったことにも、芙美子は刺激を受けていました。

当時、日本は戦争への道を歩み始めていました。芙美子がパリへ出発する直前、九月一八日には満州事変が起こります。朝鮮、満州を通り、シベリア経由でパリを目指すには危険が伴いましたが、それでも芙美子が出かけた理由のひとつには、すでに結婚していたにもかかわらず、愛する男性を追っていったからと言われています。その男性とは、パリにいた画学生の外山五郎で、青山学院中学の同窓・大岡昇平とも親交をもつ文学青年でもありました。結局、芙美子の恋は実りませんでしたが、芙美子はパリで別の恋を経験します。考古学者の森本六爾、建築家の白井晟一《せいいち》がその相手となりました。

パリへ行ったはよいものの、自炊の道具を買い込み、随筆や紀行文を書いては日本に送り、送金される原稿料の三分の一を家族に仕

芙美子が描いたモンマルトルの風景。女学校時代は画家になりたいとも考えたほどで、後年もたびたび絵筆をとった。マティスとモディリアーニが好きだった。油彩、カンバス　31.5×40.9cm　尾道市蔵

送りする、というような生活でした。栄養不足と過労から、夜盲症になってしまったという話もあります。とはいえ、生活費を切り詰めてオペラ鑑賞をしたり、語学学校に通ったりもしています。

下駄でポクポクと街を歩き、なじみの店で声をかけられながら買い物をする芙美子は、自然体でパリを楽しんでいました。ただし、〈私の仏蘭西語が片言であったように、こうして書いている私の巴里観も、ショセンここでは片言のイキを脱しない〉と書くなど、冷静な眼も失っていません。

途中一ヶ月程のロンドン滞在も含め、時に孤独やお金のない不安にも襲われながら、パリでの生活は半年に及びました（昭和七年六月帰国）。そして、このパリ旅行は、芙美子に日本の言葉の美しさを気づかせる経験ともなりました。

文　橋本由起子

芙美子の旅行術◎二

かいもの

橋本由起子

どこでも物が買えるようになった現代では、現地調達型の旅行者も増えているのではないでしょうか。芙美子は、中国やパリなど、昭和初期に海外旅行へ出かけた時から、旅先での買い物を上手にこなしていました。

昭和六年（一九三一）、パリを目指してシベリア鉄道に乗った時には、いちいち高い食堂車は使っていられないと、ハルビンで買出しに奔走します。まずは安いあけびの籠を買い、買い込んだ食料品をどしどし詰め込んでいきました。さらに食器類、アルコールランプやオキシフルなども。シベリアの寒さを考えて赤い毛布も買っています。不案内な旅先でも、必要な物を瞬時に選んでいく能力は、まさに旅慣れた人ならではの芸当です。

パリでの芙美子は、日々のやり繰りを小遣い帳につけていました。〈玉子3コ　高い　2・40（注・フラン）〉〈焼栗　沢山だ　買いすぎた　2・00〉など、買った物の分量や値段、感想まで書き込まれ、倹約を心がけていたことがわかります。中には〈花びん　妙に淋しくなって買う　5・00〉〈ああ早く日本へかえりたい。明日からぜいたくをすまい。淋しい気持ちに甘える事はケイベツすべき事だ〉というふうに、寂しさを紛らわすために散財し、それを反省する記述も見られます。しかし別の日には〈西洋人形　神経すいじゃくになりそう　10・00〉〈淋しくて昨夜泣いた。泣いたらケロリとした。ケチケチしたって仕方がない、酒も呑まなきゃ煙草も呑まないまして男も買いはしない。西洋人形や生菓子の一つ二つ何だよだ。いい仕事をする事だ、朝六枚かく〉と、無駄遣いをしても開き直ってみせます。

切り詰め切り詰め続けた旅ですが、時には無駄遣いをした自分を許す心の余裕もありました。元気でいるために物を買う、これも芙美子の旅の流儀でした。

㊄ 北海道

暮れかかる稚内の町。対岸は宗谷岬。芙美子がこの北端の町を訪れたのは1934年、流行作家としての生活に疲れた末の一種の逃避行だった。

山や湖を見て暮したいと思っていました

1934年、積丹半島のつけね、堀株から岩内辺りの漁村で、鰯の大漁に出会う。

［次頁以下、林芙美子引用文出典］
1……「江差追分」『林芙美子紀行集　下駄で歩いた巴里』所収　岩波文庫　2003年
2……「摩周湖紀行」『林芙美子紀行集　下駄で歩いた巴里』所収　岩波文庫　2003年
3……「樺太への旅」『林芙美子紀行集　下駄で歩いた巴里』所収　岩波文庫　2003年
4……「空の紀行リレー」「読売新聞」1934年9月22日付掲載

去年の夏、私は北海道で二ケ月ばかり暮らしました。別に目的のある旅でもなかったけれど、山や湖を見て暮したいと思っていましたし、小さな避暑地でなまけて暮すのも厭だったので、まだ見たことのない北海道へ行ってみようと思いたったのです。——津軽の海を越え函館へ著きますと、私は札幌行きの汽車へ乗ったのだけれども、途中気が変って倶知安《くっちゃん》という小駅へ降りた。駅の前の南河という商人宿へ宿をとり、ここを根城にして岩内《いわない》とか堀株《ほりかっぷ》とかの漁村に行ってみましたが、この海沿いの村々では鰊を目的にした漁場が沢山あって、一シーズンを鰊のために働く漁師たちのために各漁場に大きな宿泊所がありました。ちょうどその海岸では鰊が不漁であったためか、漁師たちは鰊の流れを追って遠くの海へちりぢりに散っていて、宿泊所は寺のようにがらんとしていました。私はその漁師たちのいない村で二日ばかり暮らしましたが、鰊のかわりに大羽鰯《おおばいわし》の大漁で、村の青年や娘たちがポッポ船で帰って来たのを見に行ったりしました。娘たちは網に木の葉のようにもぶれついている大羽鰯を陸へ投げあげていました。陸ではそれを煮固めて肥料に造ると見えて、大きなへっついで鰯を煮るのです。黄昏で大陸的な雲の去来が何とも云えない私の旅愁をそそってくれましたが、私は漁場の男たちの口から江差追分というものをここで初めて聴きました。はじめ、外国の船唄かと思えるほど、中音の間のびた声が遠く低くひびいて来たので「あれは何という唄?」と、鰯を煮ている娘たちに聞きますと、「江差追分です」と教えてくれました。

ラヂオなどで時々追分なるものを聴く時があるけれども、この堀株の海村で聞く追分は八風吹けども動かずと云った大きな飄々たるものがありました。——江差追分と云うのはわれわれ

素人にはなかなか覚えにくい節だそうです。悠々としてせまらず、北海の空のように唄わなければなりません。

忍路《おしょろ》高島およびもないが、せめて歌棄《うたすつ》磯谷まで。

の一章を唄うにしても、風景《けしき》のさたなのかまるで歌劇の唄でも聴いているようでした。ナポリのサンタルチアのきたない波止場の漁師たちもいい声で船唄をうたっていたけれど、北海道の忍路湾近くのこの堀株の海辺でも、江差追分を唄う男たちはいい声をしていました。 1

北海道の地図は少しばかりコチョウして小さくしてありはせぬかと思うほど宏大で、空よりも野が広い。途中空知のぽんもじりより沛然たる雨にて、沢梨《さんなし》の白い花が虹のように美しく見えた。馬と一緒に黒くなって畑を耕して行く人たちの汗だらけの努力を、深として感謝せずにはいられない。朝から汽車へ乗りづめ、しかもこの根室線には急行がないので、一駅一駅私は野原の中の駅々に

上／岩内の海岸線（雷電海岸）は断崖、奇岩の景色が続く。この岬は通称「弁慶の刀掛岬」。

お目にかかれる。――釧路へ着いたのが八時頃で、駅を出ると、外国の港へでも降りたように潮霧《ガス》がいっぱいだ。雨と潮霧で私のメガネはたちまちくもってしまう。帯広から乗り合わせた、転任の鉄道員の家族が、ここでも町は歩いて行った方が面白いと云って、雨の中をこまめに私を案内してくれた。

山形屋と云うのに宿を取る。古くて汚くさいはたご屋であったが部屋には熊の毛皮が敷いてあった。――町を歩いていても、宿へ着いても、三分おきに鳴っている霧笛の音は、夜着いた土地であるだけに何となく淋しい。遠くで聴くと夕焼けの中で牛が鳴いているような気がする。ここでは朝日新聞の伊藤氏に紹介状を貰って来ていたけれど、黙ってそのまま宿屋へ着いてしまった。宿では無職と書いて怪しまれた。女中は老《ふ》けた女で何となく固い。判で押したような宿屋の遅い夕飯を食べて、熊の毛皮の上に体を伸ばしてみるけれど、まるで熊の背中に馬乗りになっているようでおかしい。手紙を書いていると今日の食堂車に働いていた十六ばかりの二人の少女が、同じ宿に泊りあわせたからと遊びに来た。給仕服をぬぐと二人とも美しいので愕《おどろ》く。明日はまた十時の汽車で函館へ帰えるのだと云っていた。茶を淹れたり菓子を拡ろげたりして、何となない行きずりの語らいを愉しむ。月給が三拾円で両親がそろっているとも云っていた。

風呂からあがると寝床が敷いてあったが熊の毛皮がこわくて、私は次の間へ寝床を引っぱって行く。寝ていると霧笛の音で眼がさえる。家が古いので妙におくびょうになる。夜更けて梅雨のような静かな雨が降っていた。2

稚内は煤けた小さい町でした。午前の七時頃着きましたけれど、船に乗るまでには二時間近くも待たなければなりません。野天の汽車のホームへ降りて、荷物置場のようながらんとした改札口へ出ますと、赤い襷をかけた少女が、船の出帆の時間を節をつけて呼んでくれるのですが少しも判らない。

改札口の前の踏切を渡ると、平ぺったい駅がありました。待合室の中は鰊臭い。着ぶくれした神《かみ》さんたちや、長靴をはいた男たちが、一様に鰊の匂いを持っている。まるで露西亜の農奴のような姿です。構内ではうどんや蕎麦を売っています。鰊臭い神さんや男たちが、熱いうどんや蕎麦をふうふう吹きながらうまそうに食べているし、板のベンチでは露西亜人の太ったきたないお婆さんが、熱い牛乳を飲んでいました。漁場行きの数組の家族たちが、板のベンチに坐って弁当をひろげていたり、鰯粕の臭いのを背負っているもの、ゲートルを巻いた材木商人、袖丈の長い白抜きの紋付を着た色の黒い芸者、宿引き、こんな人たちが、各々思案あり気に、一、二時間すれば一緒の船で皆海峡を越えて行くのです。

港町としては、私が今までに見たどこの港よりも侘し

上／早朝の稚内駅。日本で最北の駅だ。裏はすぐ海、
二つのドームは「水夢館」という温水プール施設。

く、それに第一暗くって、町の屋根の上に烏の多いのさえ陰気に思われます。駅の前の宿屋の軒下には、信州の山の中で食わせる、太さが小指程の竹の子を薪のように束ねて百姓風な女が売っていました。椎茸も売っているようでしたが、ここの椎茸は蛙のように大きくってぶわぶわしています。

荷物を船へ頼んで、私はこの冷えたようにひっそりした町を歩いてみました。町は色々な匂いを持っています。昆布臭かったり。魚臭かったり。石炭臭かったり。私はそこで、これらの色々な匂いから、色々な聯想を愉しみながら戸を開き始めた商店や、まだ灯のあかあかとついている沢山の宿屋の軒をひろって、石炭殻と砂でしめっているような道をぽくぽく歩きました。街路樹もあるにはありましたがまだ枝ばかりなので、私には何の木だかよく判らない。道路の正面には寺がありました。錻力《ブリキ》屋根なので、ちょっと寺のようには思えませんでした。

だが如何にも北海道の北のはずれの港らしく、私は、町に漂う匂いのなかから雪深い冬のこの町の姿も考えてみるのです。3

上／稚内駅の待合室。朝7時頃。

左頁／樽前山と支笏湖。札幌の南方にある。山頂に隆起した溶岩の塊は1909年の噴火によるもの。芙美子は1934年、読売新聞の企画で飛行機に乗り、北海道を空からルポした。

まるでお山が鉢巻をして頭の天井から湯気を出しているようなと云いたい、樽前山の不思議なへっつい式頂上を眺めて、私は思わずその不思議な神々しさに合掌した。何と云っても北海道の景色は悠々としていてせせこましくなくていい。富士山もいいけれど、瘤々のお山も仲々いいものだ。

ハア山は樽前　大有珠小有珠　男意気かよ　煙たつ

却々《なかなか》いいですねー。隣席の真柄氏は唸りながらシャッタアを切っている。八甲田山も駒ケ岳も見たが、私は仲々浮気だ。山の姿も段々北の方がよくなって来る。此前北海道を旅した時、汽車の中でこんな唄をきいた事があったが、なる程、山の麓に住んでみなければ此唄の気持ちは判らない。空から男意気かよ煙たつの樽前山を視下したのだ。実に仲々と威張っている。此様子では明日にでも噴き上げそうな待機の姿だ。熊川氏も時々ハンドルの手を休めて下界を見おろして感嘆している。

紋別岳を右にみて、さりさりしそうないいお天気の空を私達は魔法使いにでもなった気で、只、下界に眼を細めているきりだ。小さな寒村の上を飛んだら沢山の金貨を降らせたいものだ。だが私は金貨の持ちあわせが無い。平岸に近い小さい村の上に来た時、私はチュウインガムを一ツおとした。一瞬で見えなくなる。天狗山のあたりはむら雨だ。雲の泡立ちが墨で汚れたように、雲達はまるで風をはらんだ鯨幕だ。樽前山から札幌まで十五分。あれあれと云う間に、眼の痛いような藍色をしていた支笏湖が、最早思い出の彼方へ去ってしまった。私の眼の下には月寒や豊平がドイツの田舎のように見える。並木のポプラも楡もまるで菜っぱのようだ。[4]

逃避行

昭和九年（一九三四）は芙美子にとって北海道に縁がある年でした。まず五月から六月にかけて、北海道から当時日本領だった樺太へ渡り、その帰途にまた道東を回るという約一ヶ月間の旅をしました。

二度目の北海道行きは九月。今度は飛行機で乗り込みました。それぞれの旅にはスポンサーがついていて、初夏の旅は改造社の援助を受け、旅行後に紀行文をまとめる事になっていたし、九月の飛行機旅行は、読売新聞の「空の紀行リレー」という企画に参加したものでした。この企画は、作家四人――林芙美子、大佛次郎、桜井忠温、西條八十――が新聞社の所有するアメリカ製の新型飛行機に乗り、東日本の上空を飛んで紀行文をまとめる、というもので、芙美子は、青森―函館―札幌間と、札幌―能代間を担当しました。

北海道で最初に訪れた町は、函館本線沿いの倶知安でした。ここを拠点に、岩内やニセコ方面に足を伸ばし、豊かな自然を満喫します。その後、札幌に出ましたが、しばらく滞在するはずだった札幌は、思いのほか都会だった事から興味を持てず、数日で去ります。さらに友人が住む旭川を経て、北海道の北端、稚内から船で樺太を目指しました。

当時は明治三八年（一九〇五）に日露で結んだポーツマス条約により、南北九四八キロに及ぶ長大な樺太島のほぼ南半分が日本領でした。芙美子は、ロシアとの国境の町・敷香《しすか》を旅の最終目的地として、港のある大泊《おおどまり》から、まずは中心地の豊原《とよはら》に入ります。

芙美子が驚いたのは〈樺太には野山という野山に樹木がない〉という事でした。切株だらけの山々に衝撃を受けた芙美子は、列車で乗り合わせた製紙会社の社員に、なぜ植林をしないのか、と尋ねます。社員の答えは「まア無尽蔵ですからねえ。」というものでした。

豊富な森林資源に恵まれた樺太は、林業が主要な産業であり、国有林伐採による収入が、樺太庁の歳入の五割を超えるほどでした。伐採された樹木は製紙原料のパルプになります。政府の推奨もあり、大手の製紙会社はこぞって樺太に工場を建設しました。紀行文の中で芙美子は、樺太の自然破壊を嘆き、それに関わった製紙会社を批判します。そうした批判の動機には、利益のためには他に損失を与えても省みない、政府や大企業への反発があったのかもしれません。

豊原から列車とバスを乗り継ぎ、やっとたどり着いた敷香では、先住民の集落を訪れ、小学校を見学したり、民家を見せてもらったりしました。旅の目的地に到達した芙美子は〈私はこんどの北方への旅立ちは、仕事のゆきづまりとか云った、そんな生やさしいものではなく、妙に眼にみえない色々のわずらわしさから放れたい為の旅なのでした〉と明かしています。

『放浪記』の成功以降、流行作家の仲間入りを果たした芙美子の前には、自分や母親を疎んじていたはずの親戚はじめ、富や名声に惹かれて多くの人々が現れました。彼らの態度の変わりように、芙美子は不信感や虚無感を募らせ、その挙句、作品が書けなくなるのではないか、という不安すら覚えるようになりました。この時期、彼女がひとりで遠い北海道を目指したのは、そうした、追い詰められた自身の気持ちから逃れたかったからでした。その思惑どおり、自分を取り巻く一切のものから遠く離れることで、芙美子の心は解放され、次第に執筆の意欲を取り戻してゆきます。

文　橋本由起子

六 北京

宵闇に包まれる紫禁城(故宮)。景山からの眺めで、手前が神武門(北門)、そして後宮の甍。南北961、東西753メートルある。明代の永楽帝が築き(15世紀)、清代に再建された(17世紀)。奥の灯りは天安門広場。芙美子の初の北京訪問は1936年だった。

私は北京が
ほんとうに好きだ

1940年頃。名所旧跡より、北京の下町を愛した。

［次頁以下、林芙美子引用文出典］
１、２……「北京紀行」『林芙美子紀行集
下駄で歩いた巴里』所収　岩波文庫
２００３年
３……『戦線』　中公文庫　２００６年

私は北京がほんとうに好きだ。悠々として余韻のある都会だから。街を歩いていると、色々愉しいものがある。張子の白い馬の出ている家は葬儀屋だったり、赤いのや黄いろい房のさがっている家は麺類を売る店だったり、一膳飯屋だったり。水売りは一輪車を押して、キリキリ、キリキリと云う音をたてて歩いているし、床屋は赤い桶を天秤にかついで、ビイン……ビイン……と棒を鳴らして通っている。雑貨屋はでんでん太鼓を鳴らして行くし、文字を知らない人の為に、こうした音や、物で商売を判らせようとしているのかも知れないと、私は、歩きながら、それらを観るのが愉しみだった。街には大きな市場が立つ。何時行っても大繁昌だ。東安市場と云うなかへ這入って行くと、腸詰、果物、古本、骨董、菓子、鞄、洋服、茶、何でも売っている。

中秋節の十五夜の晩は、私は北京の城壁へあがって月を眺めた。新暦ではちょうど九月三十日だかの夜だった。北京で知人になった二、三人の方たちと、アメリカ区域の城壁に上って行った。ホテルの前から、並木の多い公使館区域を抜けて、城壁へ歩いていると、三、四人の仏蘭西兵が合唱しながら月を観て歩いている。湿気がないので、月は置いたように澄んで光っていた。城壁には張り紙が出ていて、支那人の登るのを禁ずると云った風な事が書いてあった。妙な気持ちだった。城壁の上は相当広い並木道になっていて、遠くに続いた石畳が、真白に光っていた。外人の女たちが櫛形の石垣に凭れて歌をうたっている。石垣の下を覗くと、ちょうど駅から列車が離れる処で、兵隊が沢山乗っていた。明るい車窓は一瞬にして通り過ぎて行ったが、笑っている人たちの歯が真白い。私は胸の熱くなるおもいであった。城壁の上の自然はとにかく悠久で美しい。[1]

紫禁城の建築は、見物して歩いているうちに、初めは朱の壁、黄琉璃の屋根瓦、幾重にもめぐらされた城壁の壮大さに、歓喜するばかりに驚いていたが、やがて段々この廃物にもひとしき、紫禁城に、反感をすら抱くようになり、こけおどしな、王道の碑のような、この建物も、いたずらに草の生えるに帰したことはあたりまえだと云う気持ちだった。全く迷宮とはこの紫禁城を指して云うべきだろう。紫禁城の近くの北海公園にある、喇嘛《ラマ》白塔の上から故宮の上を眺めると、波を打つ黄琉璃の屋根瓦が、黄昏に染まって、云いようのない輝きを放ち壮観である。庭と云う庭は磚《チョワン》と云って、石畳が敷いてあるが、磚の間から、茫々と雑草が生い繁っていて、もう全くの廃墟だ。むかしはこの黒い磚の上に、色々な階級が列をなして歩いていたのかと思うと、雑草も一本々々気持ちわるく見えて来る。——前門街を通り抜けて天壇へも行ってみた。天壇とはいったい何だろうと思っていたが、何のことはない大理石で造った壇である。冬至の日に天

上／紫禁城内の宮殿は大小980棟にも及ぶという。
屋根の黄は「中心」を、壁の赤は「繁栄」を表す。

神を迎える祭壇を、ぽつんと造っておくのでは曲がないのか八十万坪の土地を土塀で囲い、園内には紫琉璃瓦の祈年殿とか、皇乾殿とかがある。庭には柏樹を植え込んでなかなか豪華な壇だ。歴史家には興味のある建築には違いないだろうが、小さな泥の家に住む住民たちは、その頃、どんな思いで、よりつけもしない、この豪華な祭壇を考えていたのだろう。永楽年間に建てられたと云うが、人間の夢想もここまで来れば手を放って呆れるばかりである。2

上／天壇。冬至の日の夜明け前、歴代皇帝はここに登り、神に祈った。明代の建造(1530年)、清代に改築(1749年)。

十月二十八日漢口へ着いた。広済を出てから十日間の戦場は、まるで夢のようだ。烈しい堪え難い苦しさが、何か遠く煙霞《えんか》のように消えて行って、肚《はら》から嬉し涙が溢れて来る。どの兵隊にも握手をしたいような嬉しさだ。二十五日夜大賽湖の畔まで出で、漢口に一歩という時は感慨無量な気持だった。日本の母と妻よ、兄よ、妹よ、恋人よ、今あなた達の人は、騎虎の勢で漢口へ大進軍をして来た。

漢口の晩秋はなかなか美しい。街を日の丸や軍艦旗が行く。私は街を歩きながら、私一人が日本の女を代表して来たような、そんなにうずうずした誇りを感じた。途中で何度か不安をもった苦しい露営も、自分ながらよく堪えて来たと嬉しくて仕方がない。漢口は美しい街だ。私の何度かの支那旅行の中《うち》一、二を除いては、漢口は実に美しい都だ。日本租界は二十五日の夜、支那軍によって爆破されているのを大賽湖の北岸から、豪華な煙花《はなび》のように遠く眺めていたが、行って見ると建物は崩れて廃

上／戦前の絵葉書から、漢口の日本租界総領事館。漢口は長江沿岸の街で、英独仏露日の租界があり、繁栄した。

墟になっている。総領事館も滅茶苦茶だった。漢口神社も同じように崩れている。
並木の篠懸《すずかけ》やアカシヤの寂びた色が眼に沁みる思いだ。フランス租界はバリケードが厳重で、入ることは出来ないが、太平路の外れの路傍では、肉や野菜を売っている小さい市場があった。三百万の大都会だけあって、ここへ来て郊外の豊富な野菜畑を眺めることも出来た。十日間の大行軍大猛進は、兵も馬も辛そうだったけれども、漢口へ入って何も彼も苦しさは夢のように飛び、遠い故郷から歓喜の声が津波になって、私の耳に滔々と響いて来る。3

上／芙美子の「従軍」は積極的だった。1937年に南京へ、翌年は漢口へ、1940-42年には満州や南方へも渡った。

従軍記者になる

昭和一一年（一九三六）一〇月、芙美子は二度目の満州・中国の旅に出ます。この旅はいつもの気ままな一人旅ではなく、豪華な一等旅行でした。当時の芙美子は、文芸講演会や新聞社の企画記事に参加するなど、流行作家としてジャーナリズムの注目を浴び、華々しい席に呼ばれては得意になっていました。

北京では、写生旅行に来ていた夫の緑敏と落ち合っています。この時の旅行の事を書いた「北京紀行」には、昭和五年にはじめて大陸を旅した時の文章（「哈爾賓《ハルビン》散歩」など）に見られるような、体当たりの若々しさはなく、批評的な視線で街を眺めているのが印象的です。北京の名だたる名所も、紫禁城は廃墟、天壇は大理石で造った壇に過ぎない、と言ったりしています。芙美子には、立派な歴史的建造物よりも、その周辺で暮らす貧しい住民の方が気になるのです。たとえ名声を手に入れても、富者ではなく庶民の側に立とうとする芙美子の態度は一貫していました。

翌年の昭和一二年には、日中戦争が勃発します。戦局報道のため多くの作家が動員される中、芙美子も毎日新聞の特派員として、一二月の南京陥落直後に現地を訪ねました。

挙国一致体制を築こうとする政府と、その影響下にあったジャーナリズムは、国民の関心を戦局に向けるため、作家の知名度を利用しました。大衆から支持され、しかも女性という芙美子の存在は、政府とジャーナリズム双方から重宝されます。南京の記事は「女流一番乗り」として世間の注目を集めました。芙美子自身もまた、生来の功名心が働くのか、従軍には積極的だったようです。

翌一三年九月には、内閣情報部が編成したペン部隊の一員として漢口攻略戦に従軍しました。ペン部隊には二二名の作家が参加しましたが、女性は芙美子と、吉屋信子だけでした。吉屋は女流では最初に戦場に立った作家であり、芙美子は吉屋を意識していたようです。中国へ渡ると、他の作家たちと別行動を

1938年11月、「従軍報告会」の鹿児島会場で講演する芙美子。

とり、抜け駆けともいえる手段を使って「漢口一番乗り」を果たしました。この間の体験は朝日新聞に連載され、帰国後も各地を報告講演して回りました。従軍記者としての見聞は『戦線』『北岸部隊』といったルポルタージュにまとめられましたが、その文章からは、かつて見せていた中国への愛情は感じられず、軍隊中の紅一点である自分を描こうとするあまり、客観性を欠いたものに終わっています。

日中戦争下の芙美子は、文壇でも華々しい存在となりますが、昭和一六年に太平洋戦争がはじまると、文壇の統制も厳しくなり、『放浪記』『泣虫小僧』など芙美子の著作も発禁処分を受けました。一七年一〇月から報道班員として南方（シンガポール、ジャワなど）へ派遣され、八ヶ月後に帰国した後は一家で長野へ疎開します。執筆は終戦後まで休止状態となりました。

文　橋本由起子

芙美子の旅行術◈三

たべもの

橋本由起子

旅先では、土地の名物を食べてみたくなります。各地を旅して回った芙美子も、行った先々で、さまざまな味に出会い、その思い出を文章に残しています。

例えばロンドンの朝食。来る日も来る日もオートミール、ハムエッグス、ベーコン、紅茶と同じメニューが続くのには閉口しましたが、ある時、毎日同じというのは日本の味噌汁のようなものか、と納得します。一方、パリの朝食は、焼きたてのクロワッサン（芙美子は「三日月パン」と呼びます）に香ばしいコーヒーで、シンプルながら芙美子のお気に入りでした。

美味の記憶としては、北京の〈支那料理〉。とくに、気取らない店で食べるそれは〈舌が気絶しそうだと云っても過言ではないだろう〉と絶賛しています。

心に残っているのは、シベリア鉄道の車中で、ボーイがごちそうしてくれたスープ。ただの塩汁でしたが、ホームシックを心配してくれるボーイの優しさが身にしみて、ふいに涙をこぼしています。

パリでは、ちょっとしたハプニングもありました。街なかで出会った娼婦が、勝手に芙美子の下宿までついてきてしまい、追い出すつもりでしたが、彼女の作った青豆のバター煮込みがおいしくて、やみつきとなり、結局三日間も居候させたという話です。

芙美子自身も料理が得意で、ちょっとした酒肴を手際よく作り、出入りの編集者に振舞っていたそうです。パリでも、イタリア米を炊き、大根を買ってなますを作ったり、鯛を塩焼きにしたりと、日本の味も楽しんでいました。

芙美子が書いた、旅先での味の話は、彼女の体験や感情と結びつき、読者の興味と食欲をそそります。それも、芙美子の紀行文の魅力のひとつです。

1941年から亡くなる51年まで暮した家。新宿区落合、
中井駅のそばにあり、記念館として公開されている。

私の家では、茶の間と台所と風呂が中心をなしている

林邸の茶の間。撮影年は不明だが、
芙美子の歿後間もない頃か。

［次頁以下、林芙美子引用文出典］
1……「家をつくるにあたって」『林芙美子記念館』図録所収　新宿区生涯学習財団　1993年
2、3……「昔の家」『芸術新潮』1950年1月号所収　新潮社
4、5、6……「生活」『林芙美子随筆集』所収　岩波文庫　2003年

私は十年前に現在の場所に家を建てた。

私の生涯で家を建てるなぞとは考えてもみなかったのだけれども、八年程住みなれていた借家を、どうしても引越さなければならなくなり、私はひまにまかせて、借家をみつけて歩いた。まず、下町の谷中あたりに住みたいと思い、このあたりを物色してまわったが、思わしい家もなく、考えてみると、住みなれた、現在の下落合は、去りがたい気がして、このあたりに敷地でもあれば小さい家を建てるのもいいなと考え始めた。幸い、現在の場所を、古屋《こや》芳雄さんのおばあさまの紹介で、三百坪の地所を求める事が出来たが、家を建てる金をつくる事がむずかしく、家を追いたてられていながら、ぐずぐずに一年はすぎてしまったが、その間に、私は、まず、家を建てるについての参考書を二百冊近く求めて、およその見当をつけるようになり、材木や、瓦や、大工に就いての智識を得た。

大工は一等のひとを選びたいと思った。

まず、私は自分の家の設計図をつくり、建築家の山口文象《ぶんぞう》氏に敷地のエレヴエションを見て貰って、一年あまり、設計図に就いてはねるだけねって貰った。東西南北風の吹き抜ける家と云うのが私の家に対する最も重要な信念であった。客間には金をかけない事と、茶の間と風呂と厠と台所には、十二分に金をかける事と云うのが、私の考えであった。

それにしても、家を建てる金が始めから用意されていたのではないので、かなり、あぶない橋を渡るようなものだったが、生涯を住む家となれば、何よりも、愛らしい美しい家を造りたいと思った。まず、参考書によって得た智識で、私はいい大工を探しあてたいと思い、紹介される大工の作品を何ヶ月か私は見てまわった。1

アトリエ
棚
アトリエ倉庫
棚
物入
洋服入
便所
土庇
書斎
床の間
棚
押入
寝室
次の間
書庫
土間
勝手口
下足入
浴室
洗面所
台所
茶の間
戸棚
便所
床の間
押入
使用人室
2段ベッド
取次の間
押入
小間
棚
玄関
客間
床の間
床の間
下足入
0
5m

天井は秋田杉、柱は杉の面皮ではあるが、あまり意気にくだけないもの、縁側は檜をきらって、やに松を使ってみたかった。厠はタイルを張らないで、やに松を張って水掃便所にした。タイルを張った厠では、冬の裾もとの寒さが気になって、タイルは風呂場だけにした。風呂場は壁を節なしの檜で張り、腰まわりだけを淡いクリーム色の、一寸四角のタイルで張った。風呂桶は檜で、八年間保証と云うかなり厚いものをつくらせたが、その頃、たしか二百五拾円位だったと覚えている。丁度九年もった。天井は小竹を並べてリシン落しにした。

私の家では、茶の間と台所と風呂が中心をなしている。風呂は一畳半の狭さだけれど、窓が非常に広いので、窓ぎわの四方竹の藪が湯殿の狭さをおぎなって風情をそえてくれている。

台所の流しは、タイルをきらって全部とぎ出しにした。タイルは何年かたてば、継ぎ目からはがれたり破れたりするので、仕事が面倒だと云われたが、とぎ出しにして、流しの右側に、京都の寺の台所を真似て、これもとぎ出しで水がめをつくった。そこへ水道の水が流れ込むようにした。夏はそうめんを冷したり、ゆずを浮かしておく

上／家は東棟（生活用）と西棟（仕事用）に分かれる。
写真は東棟で、手前は母キクの居室（小間）だった。

にいいし、いざと云う時の火の用心にもなったし、断水の時には最も役に立った。
私の深夜の仕事が多いので、台所はとくに居心地よくと考え、俎板を使う事は、書斎で原稿を書いている時と同じような事だと、流しと調理台の上に、スタンド式に燈をつけた。深夜に一人で台所をしていても、手元が白々と明るいので、料理をするのにも陰気でない。食器棚は、素硝子にしたので、乱雑にはしておけない。四畳の狭い台所だけれども、八人の家族をここで充分まかなえる。出来るだけ出窓を広く出して、狭さをおぎなった。準備にひまをとって、建てる頃には三十坪に制約されてしまったので、何も彼も亦やりなおしで、女中部屋も三畳やっとしかとれなかったが、ここへ押入れをつけるとなると、寝場所が二畳になってしまうので、私は三畳を思い切って、汽車の三等寝台風にして二段ベッドにつくり、上下の枕もとに小物を入れる押入れをつくり、板壁にはめこみ鏡を入れて、扉には鍵をおろすようにした。扉の下に開閉の出来る下窓をつくって夏冬の通風を考えた。三十坪の枠の中で廊下を割合広々と取ったので、部屋は三部屋しかとれなかった。老人の部屋が四畳半で、

上／茶の間の広縁から見た風呂。手前に洗面所。

これは最上の陽当りのいいところ。八畳の居間を鬼門へ持って行き、茶の間は六畳がとれた。暫くして離れにかかり、ここにアトリエと書斎と書庫をつけた。2

襖の半張りは、田舎の質屋の台帳を買って来て張ったので板のようにぱんぱんに丈夫で、その上に、私の昔着古した唐ざん木綿を張って貰った。壁も京壁にして、塗り上るまでには三年の月日がかかった。

いつか大掃除に、天井裏へはいった家人の話によると、壁屋さんが天井裏に月日と名前をサインしていると云ったので、私も天井裏へ這いこんでみた。そのたどたどしいサインを眺め、涙がこぼれそうになった。——家を建てると云う事は、神経衰弱になってしまう程の辛さだったので、この善良な職人の心意気が嬉しかった。家も、建具になってから、少々金が続かなくなり、家と壁にくらべて、建具の方は格段の違いに悪いものになったが、それでも私としては愛らしい家が建ったと嬉しかった。

庭と門がまた一年程遅れてからかかったが、門が出来てからやっと庭にとりかかった。門は土塀にするつもり

上／勝手口から見た台所。窓が広く明るい。食器棚には古伊万里などのほか、馬の目皿のような民芸風の器も。

で、ものの本を読むと、古い土蔵を求めて、その土をこねて、一年ほどからしてから、枕ほどにまるめて、積みあげるのがいいとしてあった。とても、そんな贅沢は出来なかったので、リシンの安直な土塀でがまんしてしまった。庭には練馬から、一本八十銭で、もうそう竹を五六十本ばかり買って来て、近所の庭師に、私のさしずで植えさせてみたが、いまでは、三百本近くになり、毎年筍は五六十本は食べられて御近所へおすそわけも出来る。竹の葉は肥料になり、竹竿や竹箒にも不自由はしない。毎年、畳や縁側を筍が突きあげる始末だけれど、これも、年に一回、縁の下へはいって、根を切る厄介さだけで、この位の事は仕方がないと思っている。竹は庭師の手入れを必要としないので便利だし、冬も緑が美しい。寒肥えをやる程度の手入れしかしない。私の赤土庭には、竹は非常によくそだつようだ。おかめ、しゃこたん、矢竹、破竹、四方竹、大名と、色々な竹も植えた。

空襲の激しい頃、前の崖下の家が爆弾で吹き飛んだが、私の家は竹藪に囲まれているせいだったのかうまく助かって火からのがれる事が出来た。3

上／使用人室の2段ベッドは寝台列車が手本。
左頁／書斎の入口は茶室の躙口（にじりぐち）のように狭く、中に入ると落着く。

右頁／1947年、執筆中の芙美子。戦後も多忙な作家生活だった。この頃まで、書斎は西棟の八畳間(のち寝室に)だった。

夜更けて、ほとんど毎日机に向っている。そうして、やくざなその日暮らしの小説を書いている。夕御飯が済んで、小さい女中と二人で、油ものは油もの、茶飲み茶碗は茶飲み茶碗と、あれこれと近所の活動写真の話などをしながらかたづけものをして、剪花《きりばな》に水を替えてやっているると、もうその頃はたいてい八時が過ぎている。三ツの夕刊を手にして、二階の書斎へあがって行くと、火鉢の火がおとろえている。炭をつぎ、鉄瓶をかけて、湯のわくあいだ、私は三ツの夕刊に眼をとおすのだ。うちでとっているのは、朝日新聞、日日新聞、読売新聞の三ツで、まず眼をとおすのは、芝居や活動の広告のようなものだ。4

ひととおり新聞を読み終ると、ちょうど鉄瓶の湯が沸き始める。もう、この時間が私には天国のようで、眼鏡に息をかけてやり、なめし皮で球を綺麗にみがく。そうして茶を淹れ、机の上の色々なものに触れてみる。「御健在か」と、そう訊いてみる気持ちなのだ。ペンは万年筆を使っている。インキは丸善のアテナインキ。三合位はいっている大きい瓶のを買って来て、愉しみに器へうつしてつかう。二年位あるような気がする。原稿用紙の前には小さい手鏡を置いて、時々舌を出したり、眼をぐるぐるまわして遊ぶ。だけど、長いものを書き始めると、この鏡は邪魔になって、いつも寝床の上へほうり投げてしまう。机の上には、何だか知らないけれども雑誌と本でいっぱいになって、ろくろく花を置くことも出来ない。唐詩選の岩波本がぼろぼろになって、机の上のどこかに載っている。

九時になっても、お茶を飲んで呆《ぼ》んやりしている。昔の日記を出したりして読む。妙に感心してみたり、妙にくだらなく思ったりする。心の遊びが大変なもので、色々な人たちの顔や心を自由に身につけてみる。あの人と夫婦になってみたいなと思うひとがあって、小説を書く前は、他愛のないそんな心の遊びが多い。——十時頃になると、家中のひとたちがおやすみを云いあう。皆が床へつくと、私が怖がりやだから、家中の鍵を見てまわり、台所で夜食の用意をして、それを二階へ持ってあがる。塩昆布と鰹節の削ったのがあれば私は大変機嫌がいいのだ。この頃は寒いので夜を更かしていると躯にこたえて来て仕方がない。5

夜明けになると、どんなに寒くても鶯が一番早く啼いてくれる。どの家で飼っているのか知らないけれども、屋根の上が煙ったように明るくなるとすぐ鶯が啼き、牛乳屋の車の音が浸み透るようにきこえて来る。牛乳は二本取っている。母親と私がごくんごくん飲むのだ。牛乳配達や、新聞配達、郵便配達、寒い時は、気の毒になってしまう。夜明けの景色はいいけれども、徹夜をすると、私はまるで皮でもかぶっているように気色が悪い。

朝御飯はたいてい牛乳。本当に御飯をたべるのが九時頃。御飯は女中が焚き、味噌汁は私が焚く。幸せだと思う。仕事が忙がしくなって、台所へ二、三日出ないと、皆、抜けた顔をしている。私は料理がうまい。楽屋でほめては実も蓋もないが、料理はやっていて面白い。

昼間は仕事が出来ないので困る。昼間、仕事が出来ると、近眼《ちかめ》にも大変いいのだけれども、昼間はひとがみんな起きているから、つい何もしないで遊んでしまう。忙がしくって困っても、

友達が来ると遊んでしまう。友達が来てくれることは何よりもうれしい。日に十人位は色々の人が見える。疲れると勝手に横になって眠る。

家へ来るひとは、男のひとたちが多い。大変シゲキがある。——酒は飲まない。虫歯が出来たし、胃が弱くなって、深酒をすると、翌《あく》る日は一日台なしになってしまう。それでもすらすら仕事の出来た後は、どんな無理なことも「はいはい」と承知してあげて、酒も愉しく上手に飲む。仕事の後の酒は吾《わ》れながらおいしい。酒は盃のねばる酒がきらい。食べものは何でもたべるけれどもまぐろのお刺身が困る。好きなのはこのわたで熱い御飯だけれど、このわたは高くて困る。お金がはいったら鼻血が出るほどたべてみたいと思う。からすみも好きだけれども、これも高い。うにはそんなに好きじゃない。塩魚が好き、塩魚を見ると小説を書きたくなる。何か雰囲気があるから好きだ。巴里には上手に干した塩魚がなかった。6

上／愛用の酒器。茶の間の広縁で。

愛らしい家

尾道には、芙美子一家が間借りしていたという部屋が残っています。急な階段が直かに部屋に入り込んだ四畳半程の二階間で、義父が留守がちだったとはいえ、一四歳の娘と両親が住むにはあまりにも狭く、殺風景で、芙美子の貧しい少女時代が実感できます。そのような境遇に育った芙美子が、いざ自分の家を建てようとした時、過去の不足を満たすかのような執念、こだわりが見られました。

部屋住みの放浪生活が長かった芙美子にとって、家とは「幸せな生活」の象徴であり、なじみの薄いものでもありました。〈私の生涯で家を建てるなぞとは考えてもみなかったのだけれども、（略）生涯を住む家となれば、何よりも、愛らしい美しい家を造りたいと思った〉。芙美子の自邸づくりからは、今まで住んできたどの場所よりも居心地のよい家にしようという意気込みが伝わってきます。

現在、新宿区立林芙美子記念館として一般公開されている旧宅は、準備に足かけ六年を要し、随所に彼女のアイディアが盛り込まれた「作品」です。設計は、モダニズム建築の名手であり、清洲橋や数寄屋橋などの橋梁デザインでも知られる建築家の山口文象が手がけ、昭和一六年（一九四一）八月に竣工しました。戦時色が日に日に濃くなる中、軍事施設以外の新築は少なくなっていた時期です。この家は東西二棟に分かれているのが特徴ですが、それは戦時下の当時、新築住宅の床面積が三〇・二五坪以下に制限されていたため、芙美子と緑敏の名義で一棟ずつ建てるという便法を講じたものでした。

家を建てるにあたり、芙美子は二〇〇冊近くの建築書を読み漁り、大工と設計事務所の担当者を連れて京の民家や古寺を見て回り、イメージを膨らませました。そして〈東西南北風の吹き抜ける家〉である事、〈客間には金をかけない事〉、〈茶の間と風呂と厠と台所には、十二分に金をかける事〉という方針を決めます。

芙美子名義の母屋には、玄関、客間、茶の間、母キクが使った小間、風呂、台所、使用

1951年4月、養子にとった泰と茶の間で。
庭の様子がいまとかなり違う。

人室を置き、緑敏名義の離れには、彼のアトリエと芙美子の書斎、寝室を配し、東西の棟は土間でつなげました。〈金をかけない〉客間は、北向きで日当たりが悪く、原稿を取りに来た編集者は、この部屋で待たされました。一方、茶の間にはふんだんに日が差し込み、美しい庭を眺めることもできます。台所の流し台は芙美子の背に合わせて低めにつくられました。風呂場の浴槽は総檜づくりで、入りやすくするため、洗い場より低く落とし込みにしてあります。便所も当時としては最新設備の水洗式でした。こうした家づくりに、緑敏はほとんど口を出さなかったそうです。

　芙美子がここで暮したのは、亡くなるまでの約一〇年。その間、昭和一八年には、生後間もない男児を養子に取り、泰《たい》と名づけました。芙美子の「理想の家」は、母、夫、息子という家族の成立とともに完成したのです。

文　橋本由起子

⑦ 屋久島

屋久島は鹿児島市中心部から約130キロ南方にあり、周囲106キロの島内に、九州最高峰の宮之浦岳(1936m)始め、1000メートルを超す山々が30もひしめく。

人間が住んでいる島なのかと思えるほどだった

営林署の職員とトロッコに乗る。屋久島への旅は1950年4月、小説『浮雲』の取材のためだった。島へ渡る前に、鹿児島に滞在した。

［次頁以下、林芙美子引用文出典］
1、2、3、4……「屋久島紀行」『林芙美子全集』第16巻所収　文泉堂出版　1977年

鹿児島で、私たちは、四日も船便を待った。海上が荒れて、船が出ないとなれば、海を前にしていながら、どうすることも出来ない。毎日、ほとんど雨が降った。鹿児島は母の郷里ではあったが、室生さんの詩ではないけれども、よしや異土の乞食となろうとも、古里は遠くにありて、想うものである。

雨の鹿児島の町を歩いてみた。スケッチブックを探して歩いた。町の屋根の間から、思いがけなく、大きくせまって見える桜島を美しいと見るだけで、私にとっては、鹿児島の町はすでに他郷であった。空襲を受けた鹿児島の町には、昔を想い出すよすがの何ものもない気がした。宿は九州の県知事が集まるというので、一日で追われて、天文館通りに近い、小さい旅館に変った。鹿児島は、私にとって、心の避難所にはならなかった。何となく追われる気がして、この思いは、奇異な現象である。

私は早く屋久島へ渡って行きたかった。

実際、長く旅をつづけていると、何かに満たされたい想いで、その徴候がいちじるしく郷愁をかりたてるものだ。泰然として町を歩いてはいるが、心の隅々では、すでにこの旅に絶望してしまっていることを知っているのだ。一種の旅愁病にとりつかれたのかもしれない。

四日目の朝九時、私達は、照国丸に乗船した。第一桟橋も、果物の市がたったように、船へ乗る人相手の店で賑っている。果物はどの店も、不思議に林檎を売っているのだ。白く塗った照国丸は千トンあまりの船で、屋久島通いとしては最優秀船である。

曇天ではあったが、航海はおだやかそうであった。この船では、一等機関士の方の好意で、

桜島の日の出。城山公園から。眼下に鹿児島市街が
広がる。屋久島行きの船はここの港から出る

左頁／安房港の南、尾之間のモッチョム岳(940m)。激しい雷雨だった。モッチョムとは女性の陰部のことともいう。

誰よりも早く乗船する便宜を受けた。デッキに乗り込んだ人達が、どの人も、金魚鉢を手にぶらさげていた。種子島や、屋久島には金魚がないのかも知れない。薄陽の射したデッキのベンチに、どの人の手にも、小さい金魚鉢がかかえられているのは、何となく牧歌的である。

航海はおだやかであった。

昼の二時頃、種子島へ着くのだそうだ。

遠い昔、マルセイユから乗ったはるな丸に、照国丸は似ていた。このまま何処へでもいいから、遠くの国外へ向って航海して行きたい気がした。久しぶりに広い海洋へ出て、私は、鹿児島での息苦しさから解放された。鉛色の空と海の水路を、ひたすら進むことに没頭しているのは、この船だけである。島影一つ見えない。私はこのまま数日を海上で送ってみたいと思った。ポール・ゴオガンのように、船がタヒチへでも向って行っているような、一種の堪え難い待ち遠しさも、私は屋久島に感じ始めているのだ。

屋久島とはどんなところだろう……

現在の日本では、屋久島は、一番南のはずれの島であり、国境でもある。種子島を廻り、屋久島が見える頃には、このあたりの環礁も、なまあたたかい海風に染められているであろう。すばらしい港はないとしても、私は何も文明的なものを望んでいるわけではないが、南端の島に向って、神秘なものだけは空想しているのはたしかだった。戦争の頃、私は、ボルネオや、馬来《マレー》や、スマトラや、ジャワへ旅したことがあった、その同じ黒潮の流れに浮いた屋久島に向って、私はひたすらその島影に心が走り、待ち遠しくもあるのだった。1

島は思ったより屹立して、山々が黒いビロードを被ったように連なっている。遠く白い砂地のなぎさが見え、レースのように波が打ち寄せて、人家はあまり見えない。船着場の岩壁の上に、大きな材木が積んである。

九時頃、やっと、船は安房へ着いた。ここでも港がないので、照国丸は沖合いへ停泊するのだ。凄い山の姿である。うっとうしいほどの曇天に変り、山々の頂には霧がまいていた。全く、無数の山岳が重畳と盛り上っている。鬱蒼とした樹林に蔽われた山々を見ていると、人間が住んでいる島なのかと思えるほどだった。2

安房の港は大きな川の入江にあって、正面の川の上に素晴しく巨きい吊橋が見えた。なぎさに近づくにつれ、岩礁が点々と波間に見えた。海水は底を透かして澄みわたり、みどり色の海である。はしけはなかなか速くは進まなかった。川の入江に、景山丸と言う三四百トンばかりの白い材木船がもやっているきりだった。寒い雨気をふくんだ風が吹きつけていた。

やがて、はしけは白い砂地へ横づけされた。砂地へ飛び降りて、吊橋へ向って歩く。吊橋の下を深い渕をなして、上流へ川がくねくねとつづいていた。渕のきわは、こんもりと樹林が深く被さっている。右側の岩壁へ上って、白い道へ出ると、トラックの停った家や、バラックの飲屋のような家が一軒あった。道には、黄ろい鶏が六七羽餌をついばんでいる。吊橋を渡って、船で教った安望館と言うのへ向う。吊橋のすぐそばの小高いところに、バラック建ての旅館が眼にとまった。

急に四囲が暗くなり、雨がぱらつき出した。一ケ月三十日は雨だと聞いたが、陰気な雨であった。3

安房川の橋の上から。芙美子が泊った
宿は、この橋のたもとにいまもある。

安房と尾之間の間にある千尋滝。遠いので小さく見えるが、滝の落差は60メートル。左は花崗岩の巨大な一枚岩で、モッチョム岳の東麓にあたる。

屋久杉の原生林（ヤクスギランド）で。右頁の「仏陀杉」は樹齢1800年、周囲8メートル。左頁の「双子杉」は数百年前に切株の上で発芽した2本の杉が、双子のように生長した姿。

左頁／安房川の辺りで。

夜道は長くつづいたが、雨は降らなかった。沁々と静かな夜である。バスが停るたび、地虫が鳴きたてていた。むれたような、亜熱帯の草いきれがした。月が淡く樹間に透けて見えた。どうすればいいのか判らないような、荒漠とした思いが、胸の中に吹き込む。もう、二度と来る土地ではないだけに、この夜は馬鹿に印象強く私の心に残った。珊瑚礁に囲まれた屋久島の夜は、遠い都会の騒々しさは何も知らない平和さだ。私は旅へ出て新聞も読まない。持って来た本も読む気がしなかった。

汽車や自転車もまだ見たこともない人がいるという、島の人達に、都会の文明は不要のもののように思えた。私はスケッチをするひまもない短い間だったが、何時でも描けるような気がした。鉛筆なんかより油絵具をつかいたい色彩だった。子供は絵になる生々した顔をしていた。娘は裸足でよく勤労に耐えている。私は素直に感動して、この娘達の裸足の姿を見送っていた。桜島で幼時を送った私も、石ころ道を裸足でそだったのだ。4

最後の旅

昭和二四年（一九四九）一一月から小説『浮雲』の連載が始まりました。完結したのは二六年四月、芙美子が亡くなる二ヶ月前のことです。

物語は、太平洋戦争のさなか、タイピストとして仏印（仏領インドシナ）ダラットへ渡っていたゆき子が、日本に引き揚げてくるところから始まります。ゆき子はダラットで農林技師の富岡と不倫の恋に落ち、帰国後も南国での甘美な時間が再現されることを期待しますが、再会した富岡には以前のような情熱は見られません。敗戦直後の日本で倦み疲れていく一組の男女が、最後に行き着いた場所が屋久島でした。

ゆき子と富岡の楽園として描かれる仏印のイメージは、昭和一七年一〇月から約八ヶ月間、陸軍報道部の報道班員として、シンガポール、ジャワ、ボルネオなどの南方に派遣された芙美子の経験が生かされています。「徴用」とはいえ、その仕事は男性作家に比べれば楽なもので、当時の日本の食料事情や安全面から考えても、かえって恵まれた環境にあったといいます。

物語のクライマックスの地として設定した屋久島には、芙美子は、『浮雲』連載中の昭和二五年四月に訪れています。この時の印象を書いたのが「屋久島紀行」です。〈戦争の頃、私は、ボルネオや、馬来《マレー》や、スマトラや、ジャワへ旅したことがあった。その同じ黒潮の流れに浮いた屋久島に向って、私はひたすらその島影に心が走り、待ち遠しくもあるのだった〉。芙美子は屋久島に、南方の島々を重ねていました。当時、沖縄や奄美諸島はまだ返還されておらず、屋久島は日本の南端、〈国境の島〉でした。ゆき子と富岡が再出発を図ろうとする場所、屋久島は、「第二の仏印」として小説に登場するのです。

屋久島に渡る前、悪天候のために芙美子は

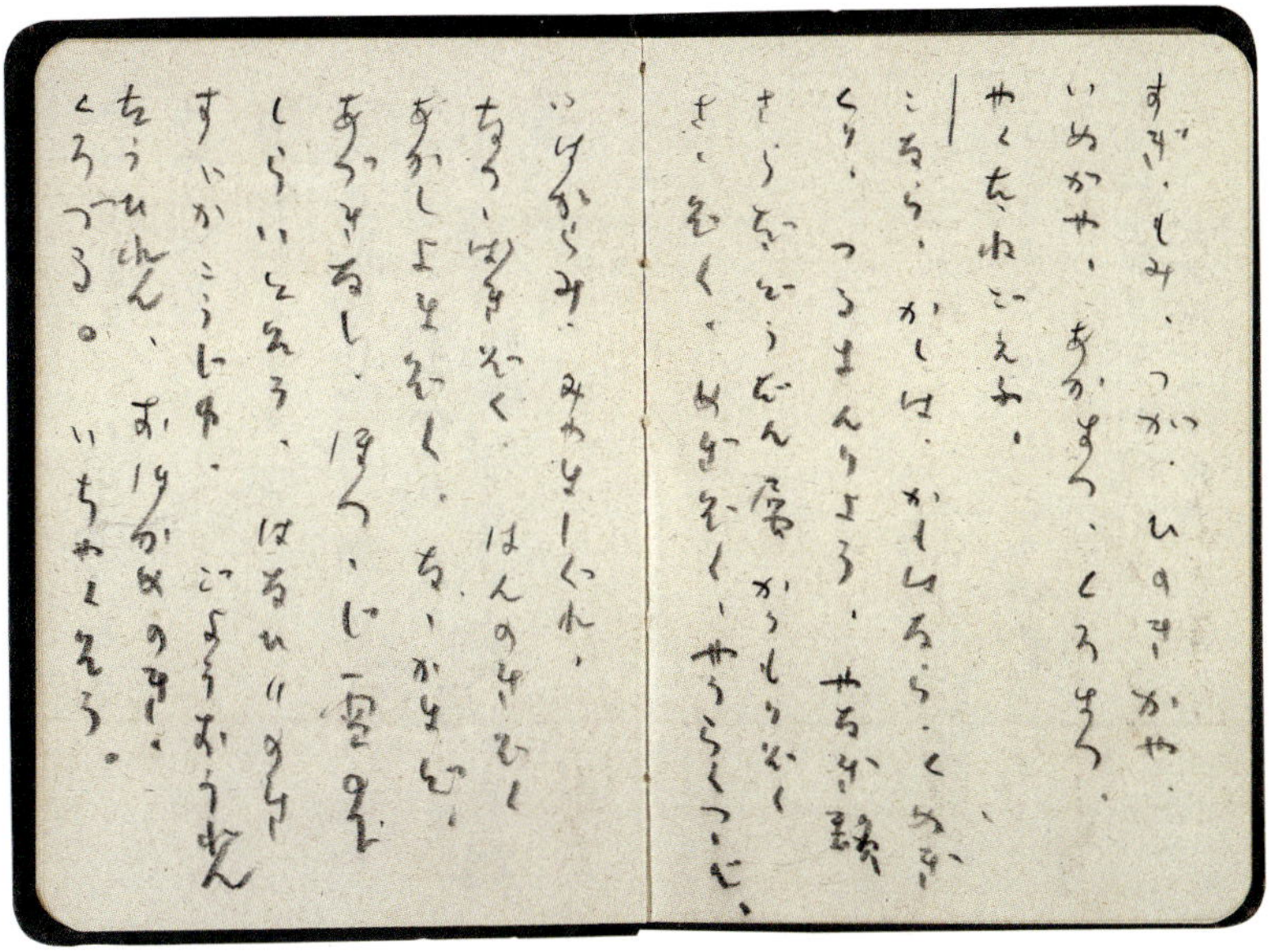

屋久島の取材ノートから。島に自生する樹木の名を営林署で書写したもの。新宿歴史博物館蔵

鹿児島で四日間も船を待ちました。鹿児島は母キクの故郷でしたが、親族に冷たくされた幼い日の記憶から、〈鹿児島は、私にとって、心の避難所にはならなかった〉と一刻も早く屋久島へ渡る事を望みます。しかし、屋久島へ着いてみると、バスが来ればどこまでも追いかける子どもたちや、裸足で働く島の娘たちの姿を見て、鹿児島でのつらい日々に、それでも明るく立ち向かっていた幼い頃の自分を思い出します。〈桜島で幼時を送った私も、石ころ道を裸足でそだったのだ〉

『浮雲』を書き終えて二ヶ月後、芙美子は急死します。これまでも、心の解放を求めて、好んで辺境の地を旅してきた芙美子ですが、幼少期の自分と出会うことのできた屋久島の旅は、何かの予感だったのかもしれません。

文　橋本由起子

八 落合

この近所で私を知らないものは、もぐりだそうでコウエイの至りなのである

上／落合の自邸玄関で息子の泰と。1949年
右頁／妙正寺川（落合川）と西武新宿線中井駅。
林邸は中井駅から徒歩5分程のところにある。

［次頁以下、林芙美子引用文出典］
1……「落合町山川記」『林芙美子随筆集』所収　岩波文庫　2003年
2……「わが住む界隈」『林芙美子随筆集』所収　岩波文庫　2003年

遠き古里の山川を
思ひ出す心地するなり

私は、和田堀の妙法寺の森の中の家から、堰のある落合川のそばの三輪の家に引越しをして来た時、はたきをつかいながら、此様なうたを思わずくちずさんだものであった。この堰の見える落合の窪地に越して来たのは、尾崎翠さんという非常にいい小説を書く女友達が、「ずっと前、私の居た家が空いているから来ませんか」と此様に誘ってくれた事に原因していた。前の、妙法寺のように荒れ果てた感じではなく、木口《きぐち》のいい家で、近所が大変にぎやかであった。二階の障子を開けると、川添いに合歓《ねむ》の花が咲いていて川の水が遠くまで見えた。

東中野の駅までは私の足で十五分であり、西武線中井の駅までは四分位の地点で、ここも、妙法寺の境内に居た時のように、落合の火葬場の煙突がすぐ背後に見えて、雨の日なんぞは、きな臭い人を焼く匂いが流れて来た。

その頃、一帖七銭の原稿用紙を買いに、中井の駅のそばの文房具屋まで行くのに、おいはぎが出ると云う横町を走って通らなければならなかった。夜など、何か書きかけていても、原稿用紙がなくなると、我慢して眠ってしまう。ほんの一、二町の暗がりの間であったが、ここには墓地があったり、掘り返した赤土のなかから昔の人骨が出て来たなどと云う風評があったり、また時々おいはぎが出ると聞くと、なかなかこの暗がり横町は気味の悪いものであった。その頃はまだ手紙を出すのに東京市外上落合と書いていた頃で、私のところは窪地にありながら字上落合三輪と呼んでいた。その上落合から目白寄りの丘の上が、おかしいことに下落合と云って、文化住宅が沢山並んでいた。この下落合と上落合の間を、落合川が流れているのだが、（本当は妙正寺川と云うのかも知れぬ）この川添いにはまるで並木のように合歓の木が多い。五月頃

になると、呆んやりした薄紅の花が房々と咲いて、色々な小鳥が、堰の横の小さい島になった土の上に飛んで来る。 1

私は六、七年もこの土地に居るけれども、いまの処、どこかへ越して行った処で、平気で借銭も出来るような処はみつかりそうもないので結局のびのびと住まっている。近所のおばさんの話ではこの近所で私を知らないものはもぐりだそうでコウエイの至りなのである。私は道路で子供たちと縄飛び遊びもするし、大根や人参をぶらさげても帰るので近所のひとがあれがそうなのかと知っていてくれるのだろう。魚屋さんへ行っても安い魚を買うのはきまりが悪いけれども、どうも仕方がない。ここでは尾崎一雄さんの奥さんにもよく逢う。安い魚を買って、奥さんとぶらぶら帰って来る。この魚屋さんの前では髪を剪《き》った若い女のひとが多いので愉しみで仕方がない。夕方の魚屋の前はお祭のように賑やかで好きだ。お勤めがえりの新聞社の人たちにも逢うが、私はきまりが悪いので黙って知らん顔して魚を見ている。 2

上／林邸の門塀。門の脇の竹数本に、かつての庭の面影が残る。

「地元」に死す

芙美子は大正一一年（一九二二）に上京してから、昭和二六年（一九五一）に亡くなるまでの約三〇年間を東京で暮らしました。最も長く住んだ場所は、今の新宿区落合です。昭和五年に移り住んでからは、二度の引越しも落合の中で済ませています。

関東大震災を機に、東京の交通（主に鉄道）は西へ向かって発達し、街の発展もそれに従いました。落合は、大正期の高級住宅地「目白文化村」が開発された高台の下落合と、下町の雰囲気を持つ窪地の上落合とに分かれます。芙美子は友人の作家・尾崎翠のすすめで、まず上落合の借家に夫の緑敏と入りました。パリ帰国後の昭和七年八月には下落合の西洋館に転居し、昭和一六年、終の住処を建てたのも下落合でした。上落合から下落合への移動は暮らしの向上を意味していましたが、下町風の気取らない雰囲気が好きだった芙美子は、上落合にいる気持ちのまま、この地で暮していたようです。

戦後の芙美子は新聞、雑誌にいくつも連載を抱え、小説、随筆、雑文と、書く事に情熱のすべてを傾けました。彼女が生涯に書いた原稿は三万枚ともいわれています。しかし、過酷な執筆生活がたたり、昭和二四年には肺炎を起こし、心臓の持病も悪化しました。それでも、他の作家に仕事を取られる事への恐怖心から、執筆量を抑える事はありませんでした。

昭和二六年六月二八日、芙美子は四八歳で急逝します。前日、「主婦の友」の「私の食べあるき」の取材で銀座の「いわしや」へ行き、その後記者らと深川の鰻屋「みやがわ」に回ってから帰宅した芙美子は、午後一一時過ぎに苦しみ出し、午前一時に心臓麻痺のため亡くなりました。

告別式は七月一日に自宅で行われました。葬儀委員長をつとめた川端康成は、生前の芙

告別式の日、芙美子の家の周りに集う近所の人々。1951年7月1日

美子の振る舞いに対し、〈故人は自分の文学的生命を保つため、他に対して、時にはひどいこともしたのでありますが、しかし、後二、三時間もすれば、故人は灰となってしまいます。死は一切の罪悪を消滅させますから、どうか故人を許して貰いたいと思います〉と挨拶しました。芙美子には、後進作家（とくに女性）の成功を妨害する意地悪な一面もあったといいます。しかし、告別式には、芙美子を慕う近所のおかみさんや子どもたちが、焼香をしようと押しかけてきて、会葬者を驚かせました。文壇では意地悪もした芙美子ですが、近所では、子どもたちともよく遊ぶ、気さくな人として通っていたようです。荼毘に付されたのも落合の火葬場でした。ふるさとを持たなかった芙美子ですが、最後は、長年住みなれた地元の人々に見送られ、旅立ってゆきました。

文　橋本由起子

林芙美子年譜

明治三六年／一九〇三……〇歳
福岡県門司市小森江の棟割長屋の二階で、私生児として生れる。戸籍上の出生日は一二月三一日。本名フミコ。父は愛媛出身の行商人・宮田麻太郎（一八八二年生れ）、母は鹿児島出身の林キク（一八六八年生れ）。

明治三七年／一九〇四……一歳
麻太郎、下関に「軍人屋」という商店を出す。

明治四三年／一九一〇……七歳
キク、軍人屋の店員・沢井喜三郎（一八八八年生れ）と、芙美子を連れて家出。四月、長崎市勝山尋常小学校入学。その後、佐世保市八幡女児尋常小学校へ転校。

明治四四年／一九一一……八歳
一月、下関市名池小学校へ転校。義父・喜三郎、下関で古着屋を営む。

大正三年／一九一四……一一歳
喜三郎の店がゆきづまり、芙美子は鹿児島の祖母のもとへ送られる。その後、行商する義父、母とともに北九州各地をまわる。

大正五年／一九一六……一三歳
六月、尾道第二尋常小学校に編入。

大正七年／一九一八……一五歳
四月、尾道市立高等女学校に入学。

大正一一年／一九二二……一九歳
三月、女学校卒業。四月、明治大学在学中の恋人・岡野軍一を頼って上京。雑司ヶ谷に住み、様々な職につく。父母も尾道から上京。

大正一二年／一九二三……二〇歳
三月、岡野は芙美子との婚約を破棄して因島へ帰郷。九月、関東大震災に遇い、尾道へ。この頃、『放浪記』の原形となる日記をつけ始める。

大正一三年／一九二四……二一歳
再び上京、多くの職につきながら、詩や童話を書く。新劇俳優・詩人の田辺若男と田端で同棲。アナーキスト詩人の高橋新吉、辻潤らを知る。

大正一四年／一九二五……二二歳
同棲していた詩人の野村吉哉と渋谷道玄坂へ、のち世田谷へ移る。

大正一五年／昭和元年／一九二六……二三歳
野村と別れ、本郷の平林たい子の部屋に寄宿。一二月、長野県出身の画学生・手塚緑敏（一九〇二年生れ）と結婚。

昭和二年／一九二七……二四歳
一月、杉並区高円寺に住む。五月、同区和田堀へ移る。

昭和三年／一九二八……二五歳
一〇月、長谷川時雨主宰の「女人芸術」誌で「放浪記」の連載始める。

昭和四年／一九二九……二六歳
六月、友人・松下文子の寄附により、処女詩集『蒼馬を見たり』（南宋書院）刊行。

昭和五年／一九三〇……二七歳
一月、台湾講演旅行に参加。五月、豊多摩郡落合町上落合へ転居。七月、『放浪記』（改造社）刊行、ベストセラーとなる。八―九月、中国へ旅行。一一月、『続放浪記』（改造社）刊行。

昭和六年／一九三一……二八歳
六月、浅草カジノフォーリーで「放浪記」上演。一一月、シベリア鉄道でパリへ。

昭和七年／一九三二……二九歳
一一月、ロンドン滞在。五月、船でフランスを発ち、六月に帰国。途中、上海で魯迅に会う。八月、淀橋区下落合の洋館に転居。

昭和八年／一九三三……三〇歳
三月、父母が岡山より上京。九月、共産党への寄附の嫌疑で中野署に九日間拘留。一一月、義父・喜三郎死去、母キクと同居する。

昭和九年／一九三四……三一歳
五―六月、北海道・樺太へ旅行。九月、読売新聞主催「空の紀行リレー」で青森―北海道―能代間を飛ぶ。

昭和一一年／一九三六……三三歳
六月、来日中のジャン・コクトーと会う。九月、毎日新聞主催「国立公園早廻り競争」に参加。一〇月、満州、中国へ旅行。

昭和一二年／一九三七……三四歳
六月、『林芙美子選集』全七巻（改造社）刊行開始。一一月、夫・緑敏が出征。一二月、毎日新聞特派員として、南京攻略戦に従軍。

昭和一三年／一九三八……三五歳
九月、内閣情報部によるペン部隊の一員として、漢口攻略戦に従軍。

昭和一四年／一九三九……三六歳
七月、緑敏が除隊。

昭和一六年／一九四一……三八歳
八月、淀橋区下落合に自邸新築、転居。

昭和一七年／一九四二……三九歳
一〇月、報道班員として南方へ。シンガポール、ジャワ、ボルネオ他に滞在。

昭和一八年／一九四三……四〇歳
五月、南方より帰国。一二月、新生児（男）を養子にとり、泰《たい》と命名。

昭和一九年／一九四四……四一歳
四月、母キク、泰とともに長野県の上《かん》林《ばやし》温泉へ疎開。八月、近くの角間温泉に移る。

昭和二〇年／一九四五……四二歳
一〇月、下落合へ帰宅。同月、下関で実父・麻太郎死去。

昭和二三年／一九四八……四五歳
一二月、『林芙美子文庫』全一〇巻（新潮社）刊行開始。

昭和二四年／一九四九……四六歳
『晩菊』により第三回女流文学者賞受賞。一一月、「風雪」誌で「浮雲」の連載始める。

昭和二五年／一九五〇……四七歳
四―五月、「浮雲」の取材で鹿児島、屋久島へ。冬、持病の心臓弁膜症に過労が重なり、階段の上り下りも困難に。

昭和二六年／一九五一……四八歳
四月、朝日新聞朝刊で「めし」の連載始める。六月二七日、「主婦の友」誌「私の食べあるき」の取材で銀座「いわしや」へ。そのあと深川「みやがわ」で食事。帰宅後、午後一一時過ぎから苦しみ、翌二八日午前一時、心臓麻痺のため死去。

死の前日の取材時につけていた時計。新宿歴史博物館蔵

上・右／芙美子の日用の
下駄と、屋久島行の時の
靴。新宿歴史博物館蔵

主要参考文献
●平林たい子『林芙美子』　新潮社　1969年
●海野弘『モダン都市東京』　中央公論社　1983年
●『新潮日本文学アルバム34　林芙美子』　新潮社　1986年
●「林芙美子　新宿に生きた女」展図録　新宿区教育委員会　1991年
●「林芙美子記念館」図録　新宿区生涯学習財団　1993年
●『尾道の林芙美子　今ひとつの視点』　尾道市立図書館　1994年
●『林芙美子　放浪記アルバム』　芳賀書店　1996年
●清水英子『林芙美子・ゆきゆきて「放浪記」』　新人物往来社　1998年
●「国文学　解釈と鑑賞」1998年2月号「特集林芙美子の世界」　至文堂
●川本三郎『林芙美子の昭和』　新書館　2003年
●『林芙美子　北方への旅』　北海道文学館　2003年
●「生誕100年記念　林芙美子展」図録　アートプランニングレイ　2003年
●今川英子編『林芙美子　巴里の恋』　中公文庫　2004年
●「文藝別冊」「総特集　林芙美子」　河出書房新社　2004年
●清水英子『林芙美子、初恋・尾道』　東京図書出版会　2008年
●高山京子『林芙美子とその時代』　論創社　2010年
●『西伯利経由欧洲旅行案内』　鉄道省　1929年
●『樺太要覧』　樺太庁　1930年
●吉田光邦編『明治大正図誌　第16巻　海外』　筑摩書房　1979年
●『建築家山口文象　人と作品』　相模書房　1982年
●藤森照信、増田彰久『歴史遺産　日本の洋館　第6巻　昭和篇Ⅱ』　講談社　2003年
●『北九州・筑豊の近代化遺産100選』　弦書房　2009年

写真
菅野康晴……P2-5, 12-13, 16-25, 28-33, 38-39, 42-49, 57, 68-69, 72-75, 92-93, 97-101, 105, 108-109, 112-123, 126, 129, 133-134
新宿歴史博物館……P6-10,14,26,35,40,54,70,82,87,89,94,107,110,125,127,131
筒口直弘……P52-53,58-59,80-81,84-85
橋本美輝……P56,60-63
尾道市教育委員会……P65
YOICHI TSUKIOKA/SEBUN PHOTO/amanaimages……P77
林忠彦……P102

イラストレーション
田上千晶

間取図製作
村大聡子（アトリエ・プラン）

装丁
大野リサ＋川島弘世

シンボルマーク
久里洋二

表紙フォーマットデザイン
平野甲賀

協力
林福江　新宿区立林芙美子記念館　新宿歴史博物館　尾道市教育委員会　江戸東京博物館

とんぼの本

林芙美子《はやしふみこ》　女《おんな》のひとり旅《たび》

発行　2010年11月25日

著者　角田光代《かくたみつよ》　橋本由起子《はしもとゆきこ》
発行者　佐藤隆信
発行所　株式会社新潮社
住所　〒162-8711 東京都新宿区矢来町71
電話　編集部 03-3266-5611
　　　読者係 03-3266-5111
http://www.shinchosha.co.jp
印刷所　半七写真印刷工業株式会社
製本所　加藤製本株式会社
カバー印刷所　錦明印刷株式会社

乱丁・落丁本は、ご面倒ですが小社読者係宛お送り下さい。
送料小社負担にてお取替えいたします。
価格はカバーに表示してあります。

ISBN978-4-10-602212-8 C0390